KB130379

리모트워크로 스타트업

일을 일답게 삶을 삶답게 하는 밀레니얼의 협업 방식

리모트워크로 스타트업

HAUM
하움출판사

1장 새로운 시대의 일하는 방식, 리모트워크

2장 글로벌 스타트업이 말하는 리모트워크의 조건

3장 스타트업, 리모트워크로 일한다

4장 제주에서 리모트워크로 일한다

5장 실전 리모트워크 제대로 활용하기

일을 일답게, 삶을 삶답게 하는 밀레니얼의 협업 방식

전정환 제주창조경제혁신센터장

왜 지금 리모트워크를 말하는가. 밀레니얼 시대에 일하는 방식, 삶의 방식이 달라지고 있다. 기업은 전 세계에서 인재들을 찾고 있고, 인재들은 자기다운 삶을 살기 위해 장소에 구애받지 않고 원하는 곳에서 있기를 원한다. 이러한 배경 속에서 실리콘밸리를 중심으로 글로벌 경쟁력을 지닌 리모트워크 기업들이 탄생하고 성장하고 있다. 이들은 업무 프로세스와 채용, 인사, 조직 문화에 있어 자신만의 경영 철학과 다양한 방법론을 만들어가고 있다.

우리나라의 경우는 리모트워크 기업은 이제 태동기라 볼 수 있다. 대기업이 글로벌 경영을 하고 있지만, 지역 생산기지나 물류, 영업소 확대 측면이 강하다. 카카오(舊 다음커뮤니케이션)는 지난 2004년부터 제주로 구성원 일부가 이주하면서 서울과 제주 간 원격 업무 실험을 한 바 있다. 하지만 완전한 리모트워크를 추구하지도 않았을 뿐 아니라, 부분적인 리모트워크도 성공적이었다고 보기는 어렵다. 회의실마다 화상 장비를 두고 효율적인 원격 협업을 시도했지만 10여 년에 걸친 실험에도 불구하고, 팀별로 모여 일하는 문화를 완전히 극복하기란 쉽지 않았다.

이러한 한계는 우리나라의 지리적 특성과 문화적인 이유에서 찾을 수 있다. 한국 사회는 서울 중심의 발전으로 인재들이 수도권에 집중되었고, 대면 소통을 기반으로 한 끈끈한 관계를 통한 조직 문화가 유지되어 왔다. 하지만 이 같은 관성은 이제 글로벌 경쟁력의 한계로 작용하고 있다. 국내 개발자의 부족은 기업의 성장의 한계가 되고 있고, 원격으로 일하지 못하면 글로벌 진출도 어려운 상황이다. 요즘 급성장하는 동남아시아를 예로 들어보자. 국내 IT기업이 동남아 시장에 영업소만 만든다고 해서 성공할 수 있는 건 아니다. 파트너십이나 채용, 협업 등 원격으로 유기적인 결합이 일어나야 시장 진입에 성공할 수 있다.

우리나라에도 최근 리모트워크 기업의 다양한 시도가 생기고 있다. 디지털노마드와 같은 개인의 라이프스타일과 관련되는 책도 나오고 있다. 하지만, 다양한 스타트업들이 시행착오를 통해 축적하고 있는 진짜 리모트워크 노하우는 접하기 힘든 현실이다. 제주창조경제혁신센터는 지난 2016년부터 매년 리모트워커스 캠프를 열어 리모트워크를 추구하는 기업들과 파트너십을 형성해왔다. 이 책은 25개에 이르는 국내외 리모트워크 스타트업의 사례를 통해 실제 리모트워크를 도입하려는 기업이 이정표로 삼을 수 있도록 했다. 또 리모트워크를 실제 도입할 때 필요한 법적 절차나 관련 제도 등 현실적인 문제를 짚어봤다. 이 같은 오랜 노력을 통해 얻은 지식과 경험을 공유하여 제주가 씨앗이 됐지만 이를 바탕으로 우리나라 어디서든 거점을 삼을 수 있는 글로벌 리모트워크 기업이 탄생하는 밑거름이 되기를 바라는 마음이다.

리모트워크사업과 책을 기획한 제주창조경제혁신센터 안민호 실장, 안영주 사원, 책의 편집을 맡아주신 벤처스퀘어 이석원 편집장, 주승호 기자, 이예화 기자, 이 외에 리모트워크 프로그램에 참여하고 인터뷰에 응해주신 많은 분들에게도 진심으로 감사드린다.

리모트워크로 스타트업

01

새로운 시대의 일하는 방식 리모트워크

미국에서 조사한 연구 결과에 따르면 직장인 10명 중 7명이 자신의 일에 만족하지 못하고 적극적으로 참여하고 있지 않으며 최선을 다하지 못하고 있다고 답했다고 한다. 이렇게 직장인 대부분은 어김없이 돌아오는 월요일을 괴로워하고 종종 야근과 휴일 근무에 시달린다. 정착하고 싶고 원하는 건 은퇴 후로 미루는 삶을 살고 있다.

이런 점에서 몇 년 전부터 주목받아온 게 바로 디지털 노마드(Digital Nomad)라는 말이다. 디지털 노마드란 용어 자체는 프랑스 경제학자 자크 아틸리가 1997년 자신의 저서 <21세기사전(원제 Diccionario del siglo XXI/ Dictionary of the XXI Century)>에서 처음 소개했다. 매일 같은 사무실, 같은 시간에 출근하는 게 아니라 다양한 장소에서 원하는 시간에 자유롭게 일하는 문화를 말한다. 유목민(Nomad)과 비슷하지만 다양한 디지털 기기를 이용하기 때문에 디지털 노마드라고 부르는 것이다.

작가이자 포브스 기자 출신인 카비 굽타(Kavi Gupta)는 디지털 노마드 관련 기사를 기고하고 자신의 경험을 다룬 책을 발행하면서 주로 일의 미래에 관한 글을 쓴다. 그 역시 직장에서 겪은 고충과 디지털 노마드로서의 삶을 선택한 계기에 대해 말한다. "내가 속해 있던 근무 환경에서 겪은 어려움으로 그리 행복하지 않았고 근무 환경에 기여하는 방법에도 만족하지 않았다"면서 "스타트업이나 창업가는 앱이나 서비스를 만들어 세상을 변화시키려 하지만 반드시 거대한 무언가를 바꿀 필요는 없다"고 강조한다. "그저 당신의 직장을 당신이 지내기 좀 더 행복할 수 있게 만들면 된다"는 것이다.

디지털 노마디즘은 자신이 하는 일에 행복감을 느껴야 한다는 것과 자신의 능력 혹은 기술만큼이나 자율성을 지니는 게 중요하다는 깨달음을 상기시킨다. 디지털 노마드 역시 여느 직장인과 다름없이 철저한 자기관리와 책임감을 갖고 일하며 삶을 꾸려나가는 사람이다. 차이가 있다면 사무실에서 일할 것인지 아닌지 스스로 선택하고 정할 수 있다는 것이다.

카비 굽타는 디지털 노마드가 되면서 계획하고 준비하는 사람으로 성장했다면서 자율적 인재가 되어야 한다고 강조한다. 회사를 위해 근무환경을 개선하는 결정을 내려야 하며 창업자나 상사나 팀원이 동의한다면 바로 시작해야 한다고 말한다.

그동안 대부분의 사람들은 일자리를 찾아 더 큰 도시로 이주를 하거나 타국으로 이민을 가야했지만 지금은 자신의 일과 삶을 꾸려갈 새로운 방식을 선택할 수 있는 기회와 마주하고 있다. 이런 디지털 노마드로서의 삶은 먼 미래의 얘기가 아니다. 지금 현재를 살아가는 많은 사람의 일상이자 가까운 미래의 모습이다.

기술이 일하는 방식을 바꾸고 있다

연세대학교 워크사이언스센터 이정우 교수는 영문과를 전공하던 대학 시절 군대를 다녀와서 한국전력 기술이라는 곳에서 계약 관리를 했다. 원전을 짓는 엔지니어링을 하는 기업이었는데 계약 관리팀에 들어가니 당시만 해도 주판 놓고 회원 관리를 했다. 청구서를 받으면 종이로 인건비부터 쭉 가로세로 맞춰서 크로스테이블을 만들었다.

그렇게 3년을 일하다 TG삼보컴퓨터가 내놓은 워드프로세서와 슈퍼칼크 같은 요즘으로 따지면 액셀 같은 프로그램을 장만하게 된다. 스프레드시트 하나 생겼을 뿐이지만 한 달 가량 업무에 필요한 프로그램을 다 넣어놓고 나니 팀 전체가 할 일이 없어졌다. 그 전까지만 해도 며칠 동안 팀원들이 모두 앉아 청구서를 보면서 가로세로 숫자를 맞췄지만 스프레드시트 하나로 세상이 바뀐 셈이다. 이 교수야 전공 살려서 계약서를 쓸 수 있었지만 주판 다루던, 밥 먹고 숫자만 치던 사람들은 모두 자리가 사라졌다.

이 교수가 일하는 방식의 변화를 느낀 건 바로 그때다. IT를 공부하기 시작한 것. 물론 소프트웨어 엔지니어링 공부를 하면서 타이피스트나 주판 놓는 사람들이 사라지는 건 까맣게 잊을 수 있었지만 2000년 인터넷 버블, 2007년 스마트폰 등장을 거치면서 다시 예전 생각이 떠올랐다. “아. 일하는 방식이 바뀌고 있구나.” 기술이 원초적으로 루틴한 일을 컴퓨터라이즈(computerize)라는 변화가 또 일어난 것이다.

물론 2007년부터 10년 사이 일어난 일하는 방식의 변화는 또 다른 형태의 변화다. 당시에는 데이터베이스 기술 같은 게 나와 이 정보의 섬을 기업별로 구성하기 시작하면서 그 섬에서 일하던 사람들의 루틴한 일이 시스템 속으로 들어간다. 하지만 2009~2010년 사이 일어난 변화는 정보의 섬이 아니라 정보의 대륙이라고 할 수 있다. 인터넷이라는 프로토콜이 없던 시절에는 시스템끼리 포팅(Porting)하는 문제가 사실 굉장히 어려웠다. 하지만 인터넷은 단순한 프로토콜 정도가 아니라 모든 데이터에 거의 다 액세스하는 형태로 사업을 진행하게 해준다.

• 지식근로화 시대가 바꾼 것들

과거 일하는 방식과 달리 지금은 현대자동차도 플로어에 가면 사람이 거의 없다. 1920년대 전형적인 사무실이라고 하면 당연히 일단 컴퓨터가 없다. 하지만 이 같은 방식은 불과 20여 년 전만 해도 바뀌지 않았다. 이 교수가 직장에 처음 다닐 때에도 다를 게 없었다. 물론 당시에도 같은 건 있었다. 돈을 들여서 칸막이를 배치한 것이다. 칸막이 안에서 집중해서 해야 하는 게 바로 일이라고 생각한 것이다. 이런 방을 주고 여기에서 일하라는 게 바로 일하는 방식이었다.

조금 더 과거로 거슬러 올라가면 옛날 군포라고 하면 한 필 내면 군대에 안 가도 됐다. 당시 군포 한 필은 실제로 옷 한 벌 만드는 양이었다. 옷 한 벌 만들 재료만 갖다 주면 군대를 안 가도 되는 그런 시절이었던 것. 그런데 산업혁명을 거치면서 증기기관이 생겼고 이를 통해 기계를 돌리게 된다. 18세기 염직기가 등장했다. 물론 2차 산업혁명을 거치면서 전기가 등장하면서 동력은 증기기관에서 모터로 바뀐다.

물론 이후 100년간 거의 바뀌지 않고 이 형태를 유지한다. 지금의 염직 공장은 자동화되어 있다. 2차 산업혁명 당시 전기가 등장하면서 가능할 수도 있었지만 1세대를 30년으로 잡으면 3세대나 지나서 변화가 일어난 것이다.

이 교수는 리모트워크 역시 예전에 이미 나온 얘기라고 말한다. 텔레커뮤팅이나 재택근무 같은 얘기가 나온 지는 40년도 넘었다는 것. 하지만 당시와 지금의 차이는 컴퓨터, 네트워크, 데이터베이스다. 또 당시와는 다른 일하는 패턴의 변화(Newly Emerging Patterns of Work)도 이뤄진다. 첫째는 프로젝트화된다는 것이다. 일은 프로젝트화 되면서 더 질적으로 심화된다. 과거와 견주면 시간이나 양으로 따질 문제가 아니라 질적으로 10배 이상 심화되었다는 설명이다. 멀티태스킹(Multitasking)이나 멀티스킬링(MultiSkilling) 또 버추얼팀(Virtual Team)이나 디지털화(Digitalization), 애니타임애니웨어(Any Time any where) 같은 가상화 역시 빼놓을 수 없다.

다음은 지식 근로화다. 지식 근로화되면서 일은 잘게 쪼개졌다. 과거에는 9시부터 18시까지 똑같은 일만 했지만 지금 세대는 같은 일을 해선 생존하기 어려워졌다.

다음은 잡크래프팅(Job Crafting)이다. 잡크래프팅이란 직장에서 업무 만족도와 행복감을 높이기 위해 주어진 일을 의미 있는 활동으로 바꾸는 것을 말한다. 언제 어디에서 자신이 어떤 일을 어떻게 얼마나 잘할 수 있는지 환경에 대해 적응을 하는 게 아니라 환경을 조정한다. 집중할 때에는 집에서 일하고 여럿을 만날 때에는 코워킹스페이스 같은 공간을 간다.

이 교수는 프로스텝 프로젝트, 아리스토트리라는 프로젝트라고 해서 실제로 다가올 미래 직종에서 일어나는 건 크게 세 가지가 될 것이라고 말한다. 하나는 큰 기업이든 작은 기업이든 팀 기반으로 간다는 것이다. 지식 근로 자체가 팀베이스화되고 있다. 대기업에서도 계속 TFT를 만들고 소규모화해서 팀장을 만드는 건 가장 큰 트렌드 중 하나라는 것이다.

또 산업혁명 시대만 해도 물리적 안전성(Physical Safety)이 중요했다. 공장에서 팔다리가 부러지거나 다치는 게 문제였던 것이다. 하지만 지금은 지식 근로화가 되면서 중요해진 건 효율을 내는 심리적 안정성(Psychological Safety)이다.

왜 리모트워크인가

미국 실리콘밸리에서 리모트워크가 시작된 이유는 비싼 오피스 비용과 주거비용이다. 그러다 보니 해외 다양한 지역에서 인재를 채용하게 됐고 원격으로 협업을 하는 방법 그리고 채용이나 복지, 일하는 방식, 문화까지 달라지게 됐다.

물론 실리콘밸리에 있더라도 오토매틱이나 베이스캠프 등 기업마다 구현 방법은 조금씩 다르다. 에어비앤비 같은 글로벌 기업도 마찬가지다. 에어비앤비는 여러 나라에 지사가 있지만 단순히 지사나 영업소가 아니라 글로벌 인재가 다양한 지역에서 함께 협업을 해나간다. 작게는 기업 자체의 문화가 될 수도 있지만 글로벌로 함께 할 수 있는 새로운 방법 중 하나가 되어가고 있는 것이다.

리모트워크(Remote Work)는 한마디로 원격 근무를 말한다. 비대면 그러니까 얼굴을 맞대지 않고 근무하는 업무 방식을 말하는 것. 이 같은 근무 환경이 탄생한 건 기술을 통해 어디서나 시간이나 공간 제약 없이 비대면 업무가 가능해진 상황도 작용한다. 또 이를 통해 전통적인 관점에서의 시간이나 공간 제약이 아닌 유연한 업무 환경을 의미한다고도 할 수 있다.

그렇다면 리모트워크로 일하는 이유는 뭘까. 제주창조경제혁신센터는 지난 2017년 11월 9일 1박 2일간 서귀포시 성산읍에 위치한 플레이스캠프 제주에서 리모트워커스 캠프 제주를 개최한 바 있다. 이 자리에서 진행된 참가자를 대상으로 한 기업 발표와 토의 결과 내용을 보면 리모트워크로 일하는 이유에 대해 크게 두 가지로 나눠볼 수 있다.

첫째는 조직 측면에선 업무 효율을 높이는 도구이자 유능한 인재를 확보하고 유지할 수 있는 도구가 될 수 있다는 것이다. 둘째는 개인 측면이다. 일과 삶의 균형을 맞출 수 있는 이른바 워라밸(Work and Life Balance) 트렌드에 맞는 방법으로 채택 가능하다는 것이다. 또 자율성과 창의성을 존중할 수 있는 것도 이유 중 하나다. 이런 두 가지 측면에서 리모트워크가 구성원 만족도를 높이고 회사의 효율을 높이게 된다면 리모트워크는 타당성을 확보할 수 있게 된다.

물론 리모트워크로 협업할 때의 문제점도 당시 토론 결과에서 확인할 수 있다. 직원들 간 업무 시간에 시차가 있는 경우에는 즉각적인 협의나 답변이 어려울 수도 있기 때문에 업무 처리가 자칫 지연될 수도 있다. 비대면 커뮤니케이션 위주로 업무를 진행하다보니 미스커뮤니케이션이 자주 발생할 수 있다는 점도 염두에 둬야 한다.

이 같은 문제를 해결하려면 협업툴을 이용해 업무 일정이나 상황, 이슈, 결과를 잘 기록하는 게 중요할 수 있다. 늦게 입사하는 직원이라면 업무 흐름이나 히스토리를 참고하는 데에도 도움이 될 수 있다. 모든 자료를 공개하기 때문에 불필요한 사내 정치가 줄어든다는 장점은 물론이다.

또 다른 문제 해결 방안은 정기적인 밋업이나 워크숍을 개최하는 것이다. 이런 오프라인 행사는 동료와 교감하고 소속감을 높이는 수단이 될 수 있다. 구성원에게 심리적 안정감도 줄 수 있어 구성원을 유지하는 동시에 업무 집중도를 높이고 창의성을 높이는 데 도움이 된다. 그 밖에 화상회의 장비를 잘 활용하는 것도 이 같은 오프라인 모임이 어려울 때에는 보완이 될 수 있다.

전 세계가 주목하는 미래의 일하는 방식

인터넷과 기술 발달은 일하는 방식을 바꾸고 있다. 과거에는 사무실이라는 정해진 공간에서만 일을 했어야 했다면 최근에는 자신의 업무 스타일에 맞게 다양한 장소와 공간에서 자유롭게 일하는 리모트워크가 크게 각광받고 있다.

리모트워크는 업무 환경을 통해 업무 효율성과 생산성을 높이는 스마트워크의 일종으로 선진국을 중심으로 빠르게 확산되고 있다. 사실 리모트워크가 근래에 새롭게 등장한 개념은 아니다. 우리가 익히 들어 알고 있는 재택근무 역시 리모트워크의 한 형태로 과거에도 존재했지만 최근 들어 리모트워크를 시행하는 기업이 급격하게 증가하면서 새로운 일의 방식으로 리모트워크가 주목받고 있는 것이다.

리모트워크의 장점은 일하는 장소와 시간을 개인의 자율성에 맡겨 업무 효율과 생산성을 높일 수 있다는 것이다. 근로자 입장에서는 매일 사무실로 통근해야하는 불편함을 없앨 수 있고 스스로 일하는 시간과 장소를 선택할 수 있기 때문에 업무에서 오는 스트레스는 줄이고 효율성과 생산성은 높일 수 있다.

• 美 텔레워크촉진법 이후 성장세

리모트워크의 이 같은 장점은 데이터가 뒷받침하고 있다. 미국의 소셜

미디어 스타트업 버퍼(Buffer)가 전 세계 90개국에서 활동 중인 리모트워커 1,900명을 대상으로 조사해 발표한 2018 리모트워크 리포트에 따르면 90% 이상 응답자가 앞으로도 리모트워크로 일을 계속하고 싶다고 밝혔다. 그뿐 아니라 주위에 추천하겠다는 비율도 94%로 나타나 리모트워크로 인한 근로자 만족도는 매우 높은 편이다.

리모트워크는 환경 문제를 해결하는 데도 일조한다. 재택근무를 통해 불필요한 이동을 줄이게 되면 차량에서 배출되는 오염물질을 감소시킬 수 있어 환경보호에 기여할 수 있다는 논리다. 리모트워크 도입은 시대의 변화에 따른 자연스러운 흐름이기도 하다. 전 세계적으로 저출산. 고령화 사회로 진입하면서 기업은 노동에 투입되는 인구가 줄고 생산성 악화에 직면하게 되는데 리모트워크와 같은 유연근무제 등을 도입해 노동인구 감소에 따른 문제를 해결할 수 있는 것이다.

미국과 일본, 유럽 등 선진국에서는 업무 생산성, 노동력 감소, 일과 삶의 균형, 환경문제 해결 등을 이유로 리모트워크를 정부 차원에서 적극 도입하기 시작됐다. 미국의 경우 2010년 텔레워크촉진법이 추진되면서 스마트워크가 본격화됐고 리모트워크 인구는 계속 늘어나는 추세다. 글로벌워크플레이스애널리틱스(Global workplace Analytics)와 플렉스잡(flexjob)이 발간한 2017 텔레커뮤팅 리포트에 따르면 2005~2015년까지 10년간 정기적으로 리모트워크를 하는 노동인구는 115% 늘었다. 이는 400만 명으로 미국 전체 노동인구 중 2.9%를 차지하는 수치다. 리모트워크를 도입하는 기업도 소규모 스타트업에서부터 대기업까지 다양해지고 있다. 시장조사기관 IDC는 2020년까지 미국 노동인구 중 무려 73%가 모바일워커로 일하게 될 것이라고 전망하고 있다.

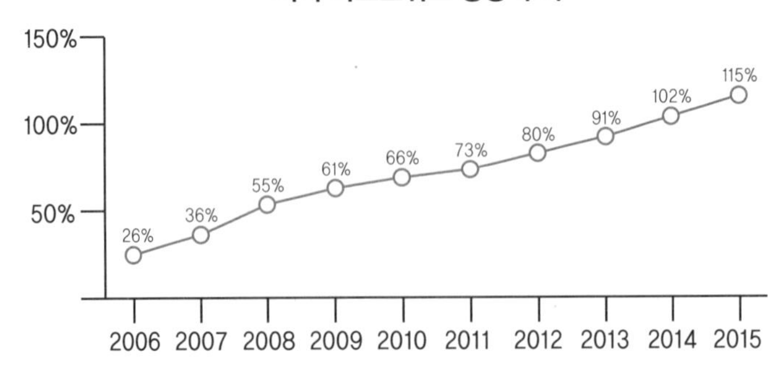

※ 출처 : 2017 텔레커뮤팅 리포트
(https://globalworkplaceanalytics.com)

미국에서 리모트워크 현상을 가장 극명하게 볼 수 있는 곳은 바로 실리콘밸리다. 테크 스타트업의 성지인 실리콘밸리에서는 이미 업무 유연제도를 포함해 리모트워크가 트렌드로 자리 잡았다. 실리콘밸리에서 리모트워크가 활성화된 가장 큰 이유는 유능한 테크 인재를 확보하기 위함이다. 샌프란시스코 베이 지역 집값은 일반 직장인이 감당할 수 없을 만큼 치솟고 있다. 비싼 주거비용과 생활비용을 감당하지 못하는 인재는 주변지역인 포틀랜드와 오리건 등으로 이주하고 있다. 이로 인해 실리콘밸리가 아닌 외부지역에서 인재를 구하고 유연한 업무 환경을 제공하는 일은 매우 일상화되고 있다.

스타트업 뿐 아니라 투자자에게도 리모트워크가 매력적인 건 마찬가지다. 지난 2014년 설립한 스타트업 깃랩(Gitlab)은 개발 소스코드 공유 소프트웨어를 개발한다. 이 기업의 경우 250명에 이르는 직원이 있지만 전 세계 39개국에 흩어져서 일한다. 샌프란시스코에 위치한 사무실에

근무하는 사람은 창업자인 시드 시브란지 단 한 명이다.

하지만 이 기업은 창업 3년 만에 4,550만 달러, 한화로 517억 원을 투자받는 등 주목받고 있다. 리모트워크를 훌륭히 문화로 소화해냈을 뿐 아니라 생산성과 효율을 높이는 데 성공했기 때문이다. 라스 렉키 허머-윈블랜드 벤처파트너스 임원은 “투자한 스타트업 4곳 중 2곳은 사무실이 없다”면서 “직원이 다섯 명이 될지 100명이 될지 모르는 회사가 5년 임대 계약부터 맺는 게 우스꽝스러운 일이 아니냐”고 되묻는다. 사무실이 없다는 건 과거에는 미쳤다고 생각했을 만한 일이었지만 지금은 똑똑하다고 말한다.

대기업과 인재 전쟁을 치러야 하는 작은 스타트업은 업무 자율성을 보장해주는 유연근무제를 도입하지 않으면 인재를 구할 수 없는 처지에 놓이기도 한다. 구글과 애플, 페이스북, 아마존, 넷플릭스 등 실리콘밸리의 테크 자이언트들은 유능한 인재를 확보하기 위해 인턴에게조차 스타트업보다 2배 가까운 연봉을 제시한다. 이런 경쟁적 환경 탓에 이미 실리콘밸리에서는 현지 인재를 구해 계발하는 것은 아예 어렵다는 얘기도 나온다. 현지에 머물러야하는 기업 대표와 기타인력은 소수로 두고 국경을 넘어 인도나 중국 인재로 CTO 자리를 채우는 것도 볼 수 있다. 미국의 거대 기업도 유연근무제를 통한 리모트워크에 동참하고 있다. 델, 아마존 등도 리모트워크를 허용하고 있다.

• 공유오피스 성장과도 무관치 않다

물론 일부 대기업은 리모트워크를 허용했다가 번복하기도 했다. 대기업 중 대표적인 리모트워크 실패 사례로 불리는 야후를 비롯해 뱅크오브아메리카, 애트나 그리고 최근엔 IBM까지 야심차게 리모트워크 프로그램을 도입했다가 아주 없애거나 일부만 남겨놓기도 했다.

물론 이 같은 리모트워크 실패에도 여전히 리모트워크 트렌드는 미국 내에서 가속화되고 있는 상황이다. 리모트워크의 지속적인 성장은 코워킹스페이스의 성장과도 연결 지어 생각해볼 수 있다. 미국 뉴욕에서 탄생한 위워크는 설립 8년 만에 전 세계 23개국 287개 지역에 오피스를 열면서 빠르게 성장했다. 코워킹스페이스는 리모트워커가 일하는 공간으로 주로 활용되기 때문에 코워킹스페이스의 성공은 리모트워크의 활성화와 무관하지 않다는 분석이다. 일본 소프트뱅크는 스타트업 단일 기업 투자로는 최대 금액인 44억 달러를 투자하며 위워크의 가능성에 배팅하기도 했다. 위워크에 따르면 대기업의 위워크 공간 대여가 증가하고 있어 위워크가 대기업 직원의 리모트워크 공간으로 활용될 수도 있음을 암시하기도 했다.

- 日 일하는 방식 변화 추진·EU 리모트워크 확산 중

일본 역시 정부가 나서서 근로자의 재택근무를 장려하고 있다. 일본은 심지어 2018년부터 도쿄올림픽이 열리는 2020년까지 매해 7월 24일을 원격근무의 날로 지정하고 리모트워크를 적극 권장하고 있다. 리모트워크 운동 추진 주무처인 총무성은 업무에 지장이 없는 범위 내에서 직원 900여명이 리모트워크에 동참하고 있다.

일본이 이처럼 리모트워크를 장려하는 이유는 저출산, 고령화 사회에 접어들면서 급격하게 감소하고 있는 노동력을 효율적으로 활용하기 위함이다. 육아와 가사로 인해 출근하기 어려운 여성 인력을 유연한 근무제도를 통해 끌어들이고 이동이 불편한 고령자는 재택근무를 통해 근무할 수 있도록 하면서 지금까지 노동인구에 속하지 못했던 인력을 일터로 끌어들이고 있다.

일본은 국정 정책의 하나로 일하는 방식의 근본적인 변화를 추진해왔다. 과거 빠른 경제성장을 견인한 고강도 업무방식이 더 이상 효율적이지 않다는 판단 아래 근본적으로 일하는 방식의 변화를 통한 업무생산성 향상을 기대하는 것이다.

일본 기업 역시 국가 정책에 따라 직원의 일하는 방식을 변화시키는데 적극 동참하고 있다. 일본 전자제품업체 후지쯔는 2017년부터 정직원 3만 5,000명이 원할 경우 재택근무를 할 수 있도록 허용했다. 자동차회사 도요타 역시 2016년부터 사무직과 기술직 직원을 대상으로 단계적 재택근무 프로그램을 운영하고 있다. 2018년에는 아베 총리가 추진하는 일하는 방식 개혁 법안이 통과되면서 노동시간 상한 규제와 노동 대가를 시간이 아닌 성과로 측정하는 방식 도입 등으로 일본 근로자의 업무 방식에는 큰 변화가 생길 것으로 기대되고 있다.

유럽의 경우 미국과 일본보다 더 활발하게 리모트워크를 도입하고 있다. 유럽은 2002년 EU 텔레워크에 관한 유럽기본협약(The European Framework Agreement on Telework)에 따라 국가별로 리모트워크를 추진하고 있다. 유럽 국가 중 스마트워크를 가장 활발히 실행하고 있는 네덜란드의 경우 2007년 기준 전 사업체 중 49%가 스마트워크를 실시하고 있으며 수도인 암스테르담 주변에 스마트워크 센터 99개를 운영하며 리모트워커를 위한 제반시설을 제공하고 있다. 영국도 리모트워크와 유연 근무제가 증가하고 있는 추세다. 영국 통계청은 2012~2016년 사이 영국 내 유연근무가 12.35% 증가했고 영국노동조합은 지난 10년간 리모트워크 인구가 24만 1,000명 늘어났다고 밝혔다. 오드몽키(oddsmonkey)가 발행한 리포트는 영국 노동인구 중 절반이 2020년까지 리모트워크를 따르게 될 것이라고 전망했다.

미래의 리모트워크 "원격협업도 증강현실로…"

리모트워크를 불러온 한 축에는 기술적 인프라가 자리 잡고 있다. 물론 앞으로의 발전 역시 이 같은 기술을 토대로 바뀌게 될 것이다. 이 중 눈길을 끄는 것 가운데 하나는 증강현실 기술이다. 증강현실 기술은 현실 세계에 정보를 중첩시켜 인간이 보는 현실 세상을 확장하는 역할을 하는 기술이다. 증강현실은 이미 게임 같은 엔터테인먼트 분야에서 주목을 받는 건 물론 쇼핑을 하는 마트 등 다방면에서의 응용이 기대되는 기술이기도 하다. 그런데 스타트업 스페이셜(Spatial)은 증강현실 기술을 이용해 사무실을 확장하는 걸 목표로 한다.

이 회사가 제공하는 건 주로 원격지에서 근무하는 직원과 상호 작용에 이용하는 확장 사무실 같은 개념의 증강현실 콘텐츠다. 원격 작업 중인 직원이 이 같은 증강현실 콘텐츠를 이용하면 마치 같은 사무실에서 원격 멤버와 대면하고 있는 것 같은 상황을 만들 수 있다. 공동 작업이나 브레인스토밍 같은 걸 할 수 있는 것.

사실 인터넷 시대에 원격 근무를 직원과 함께 하면서 일을 진행하는 건 더 이상 드문 일도 아니다. 채팅 도구나 화상 통화 앱 같은 게 있지만 이보다 더 편리하게 원격 멤버와 일할 수 있는 방법을 찾으려는 시도에서 나온 게 바로 스페이셜이다. 증강현실을 이용하면 멀리 떨어져 있어도 마치 옆에 앉아 있는 것처럼 일할 수 있다. 서로 마주 보는 상태도 의견을 나눌 수도 있다.

스페이셜이 제공하려는 건 단순히 가상으로 대면할 수 있는 도구에 국한된 건 아니다. 협업하던 작업 자체를 현실 공간으로 확장하려는 것이다. 자신의 생각을 시각화해 공유하는 등 원격 멤버끼리 증강현실을 이용해 다양한 활용을 할 수 있도록 하려는 것이다. 스페이셜은 PC나 스마트폰 같은 기기와 동기화할 수 있다. 공간을 어디나 자유롭게 작업 공간으로 탈바꿈시킬 수 있는 건 물론. 아이디어를 구상하고 멤버끼리 상호작용도 효율적으로 한다. 증강현실로 표시한 콘텐츠는 직관적으로 조작할 수 있다. 이를 통해 디지털과 실제 물리적 세계를 융합시키려는 것이다.

예를 들어 종이에 그린 이미지를 스마트폰으로 촬영하면 곧바로 이미지를 보내 현실 공간 속에 증강현실로 붙여 넣을 수 있다. 물리적 거리와 제약 받지 않고 자유로운 공동 작업을 할 수 있다는 얘기다. 물론 증강현실 헤드셋 같은 게 없더라도 원격지에 있는 사람은 평범한 노트북 같은 걸로 디스플레이를 통해 참여할 수도 있다.

스페이셜은 이렇게 새로운 협업 형태를 실현하려는 시도를 하고 있다. 스페이셜은 지난 2016년 프로젝트를 진행하기 시작했고 올해 800만 달러 자금 조달에 성공한 바 있다. 이를 통해 증강현실을 이용한 확장 사무실을 추진 중인 것. 증강현실이 다양한 분야에 활용될 가능성을 엿볼 수 있게 해주는 시도라고 할 수 있다.

스페이셜의 경우처럼 사무실로 증강현실 분야를 확장하려면 현실감과 실제 객체와의 상호작용이 중요해질 수 있다. 또 페이스북이 시도 중인 소셜 VR(Social VR) 역시 가상과 현실, 공간적 제약을 극복하고 이를 확장할 수 있는 커뮤니케이션의 방식이 될 가능성이 있다. 이런 점에서 지금도 리모트워크를 위해 활용되는 많은 툴처럼 증강현실이나 가상현실 같은 기술도 리모트워크 기업에서 어려움을 느끼는 커뮤니케이션 단점을 극복할 수 있게 해주는 방법 중 하나가 될 가능성은 충분하다.

02

글로벌 스타트업이 말하는 리모트워크의 조건

리모트워크는 미래의 대표적인 업무 방식이 될 것이라는 점에서 주목받는다. 이런 전제가 유효한 이유는 리모트워크가 직원의 일과 삶에 대한 만족도를 높이고 기업 입장에선 그만큼 업무 효율을 높일 수 있기 때문이다.

리모트워크를 위한 사회 인프라와 부족한 자원도 개선되고 있다. 기업마다 리모트워크를 위한 절차나 규칙을 만들고 일부에선 홈오피스 구축 비용을 지원하기도 한다. 물론 다른 한편으로는 대부분 국가에선 사무실 환경조차 제대로 갖추지 못하거나 인터넷도 보급되지 못한 곳도 있다. 리모트워크를 지원하는 문화 자체가 거의 없는 것. 이 같은 상황에서 누군가 새로운 방식으로 일을 한다면 다른 누군가를 위한 새로운 기준을 제시하는 일이기도 하다. 그렇다면 앞서 리모트워크의 길을 걸은 글로벌 기업은 어떻게 리모트워크를 실시했을까.

오토매틱, 전 세계에서 리모트워크 중

오토매틱의 경우 전 직원은 600여 명 조금 넘는다. 이들은 모두 전 세계에 흩어져 리모트워크로 일하고 있다. 오토매틱이 둥지를 튼 샌프란시스코에는 본부가 위치하고 있지만 본부마저도 직원들이 안 쓴다는 이유로 팔겠다고 부동산 매물로 내놓기도 했다.

"그냥 그게 회사를 세울 수 있는, 유일한 방법인 것 같았어요."
(It just seemed like the only way to build a company.)

오토매틱 창업자 맷 멀런웨그(Matt Mullenweg)는 모든 직원이 리모트워크로 일하는 회사를 만든 이유에 대해 "그냥 그게 회사를 세울 수 있는 유일한 방법인 것 같았다"고 말한다. 그는 처음에 워드프레스라는 블로그를 만들고 이곳을 통해 오픈소스로 소스코드를 공개하면서 유명해졌다. 그러다가 회사가 있어야겠다는 생각을 해서 오토매틱을 설립하게 된 것이다.

이런 이유로 당연히 모든 이들이 오픈소스로 참여하고 있는 만큼 기업도 당연히 전 세계 누구나 참여할 수 있는 그런 오픈소스 플랫폼 같은 곳이 되어야겠다고 생각한 것이다. 이렇게 오픈소스에서 출발한 문화 때문인지 오토매틱은 설립 이후 전 세계 어디서도 인재를 채용하게 됐다.

재미있는 건 오토매틱 사내에서 이용하는 언어만 해도 79개에 달한다는 것이다. 그만큼 다양한 인재를 채용하고 있다는 증거이기도 하다.

또 다른 장점은 사내 정치가 없다는 것이다. 어찌 보면 당연한 얘기다. 리모트워크를 하다 보니 누가 누구를 만나고 누가 누구와 밥을 먹었는지 혹은 누가 옷을 어떻게 입고 다니는지 신경 쓸 수가 없다. 덕분에 오토매틱은 사내 정치라는 것에서 굉장히 자유로운 문화를 보유하게 됐다.

물론 사내 정치가 없는 또 다른 이유는 문화에서 찾아볼 수 있다. 오토매틱은 가능하면 모든 걸 기록으로 남기는 문화가 있다. 정보 자체가 공개되어 있다 보니 가능하면 정치적인 부분이 줄어드는 영향도 있다.

다음 장점은 고정 지출이 줄어든다는 것이다. 샌프란시스코 같은 곳에서 큰 사무실을 유지하려면 당연하지만 돈이 많이 든다. 하지만 오토매틱은 이렇게 큰 사무실은 유지하지 않는다. 대신 다른 복지로 대체를 한다. 아낀 비용을 복지로 되돌린 것이다.

• 오토매틱이 직원을 채용하는 방법

그렇다면 오토매틱은 직원을 어떻게 채용할까. 오토매틱은 직원 채용에는 상당히 공을 들이는 편이다. 일단 뽑고 나면 어떻게 일하는지 옆에서 보면서 모니터링할 수 있는 구조가 아니기 때문이다. 이런 이유로 오토매틱의 채용 과정은 상당히 긴 축이다.

일반 기업과는 달리 1차 면접 통과 후 일정 기간 동안 주어진 업무를 수행하는 트라이얼 프로젝트를 맡긴다. ① 서류 제출 ② 1차 면접(텍스트 채팅) ③ 코딩 테스트 ④ 트라이얼 프로젝트(시급 제공) ⑤ 최종 면접(CEO와 텍스트 채팅)으로 채용절차 전 과정에서 직접 만나는 온 사이트(on-site) 면접이나 화상 미팅 심지어 통화조차 없다. 채용 과정에서도 리모트워크 방식을 적용해 성별과 인종에 따른 편견을 방지하고 업무능력만을 집중 평가해 최고의 인재를 채용하기 위함이다. 더불어 지원자는 이 과정에서 대면 없이 소통하는 것이 어떤 것인지 간접적으로나마 체험할 수 있게 된다.

트라이얼 과정은 오토매틱 채용의 특징이라고 할 수 있는데 실제로 시급을 주면서 이 사람이 회사와 함께 일할 수 있는지 실제 업무를 해보면서 맞춰보는 과정을 거치는 것이다.

물론 직군이나 과정에 따라 조금씩 차이는 있을 수 있지만 이런 채용 과정을 진행하면 보통 트라이얼 과정까지 3개월 정도는 걸린다. 이어 면접 등 맷 챗(Matt chat)이라는 마지막 관문을 통과하면 최종 입사 결정 통지를 받을 때까지는 5개월 남짓 걸린다. 그렇다고 이 기간 내내 실제 투입 시간이 많다는 얘기는 아니다. 트라이얼 3개월간 평균 잡아 보통 10 시간 내외를 쓴다.

일단 입사가 결정되면 리모트워크 준비를 위한 가이드를 제공한다. 또 원하는 개발 도구도 지원해준다. 눈길을 끄는 건 홈오피스 구축비용을 준다는 것. 2,000달러가량 지원해준다. 직원마다 원하는 책상이나 의자 등 장비를 구축하기 위한 것이다.

여기에서 끝이 아니다. 250달러까지 사무실 비용도 매월 지급해준다. 코워킹스페이스를 이용하거나 사무실을 아예 하나 얻거나 알아서 쓰면 된다. 물론 직원 입장에서 집이나 카페에서 일하는 게 편하다고 하면 사무실 비용은 지급 받지 않지만 음료 비용을 내준다. 그 밖에 가방도 제공하는데 여행이나 출장이 잦을 수 있다는 이유다. W라는 워드프레스 마크를 새긴 가방 외에 몇 가지 웰컴 패키지를 함께 제공한다.

입사를 하면 리모트워크 자체에 익숙해지도록 신경을 많이 쓴다. 이유는 입사 후 곧바로 퇴사하는 직원 상당 비율이 초기 몇 개월 사이에 나가는 탓이다. 이유는 리모트워크에 적응을 제대로 못하기 때문이다. 팀 리더가 초기에는 늘 묻는 말은 "리모트워크는 할 만하냐"는 것이다.

회사 적응을 위해 6개월간 멘토도 붙여준다. 매주 얘기를 나누면서 리모트워크 자체가 어떻게 할 만한지 혹은 회사 생활 전반이나 업무 외적인 부분에 대해 상담을 해주거나 사내 제도를 모르는 신입을 위해 여러 팁을 주는 멘토 제도를 운영하는 것이다.

이 같은 오토매틱의 리모트워크 지침은 사실 모든 내용을 필드 가이드(Field Guide)라는 내부 문서 정리 도구로 확인할 수 있다. 위키피디아와 비슷한 형태로 이뤄져 있어 필요한 정보는 거의 대부분 검색해볼 수 있다.

• 커뮤니케이션은 산소다

그렇다면 이렇게 리모트워크로 글로벌 운영을 하는 오토매틱이 효율적으로 일할 수 있는 비결은 뭘까. 오토매틱 사내에는 '커뮤니케이션은 산소(Communication is oxygen)'라는 사내 격언이 있다. 커뮤니케이션을 가장 중요하게 생각한다는 얘기다.

이유는 간단하다. 직접 얼굴을 보고 일하는 관계가 아니기 때문에 계속 자신의 상태를 업데이트하거나 혹은 자신이 어떤 일을 하고 있는지 그리고 상대방과 얘기할 때 커뮤니케이션을 중요하게 여긴다. 또 이런 커뮤니케이션은 가능한 거의 모든 걸 기록으로 남기도록 권장한다. 슬랙을 이용해 채팅도 당연히 기록하고 블로그를 만드는 기업답게 사내에도 다양한 내부 블로그가 있다. 업무에 필요한 것부터 단순히 취미, 프로젝트별로 만든다. 그러다 보니 직원 한 명이 수십 개씩 슬랙 채널이나 블로그에 가입한다. 예를 들어 슬랙 채널 같은 경우에는 공지사항 채널도 있지만 고양이 채널 같은 것도 있다. 또 필요에 따라선 팀마다 트렐로(Trello)나 구글독스(Google Docs) 같은 것도 쓴다. 화상 회의를 할 땐 주로 줌(Zoom)을 이용한다.

오토매틱은 또 타운홀(Town-Hall)이라는 제도도 운영한다. 보통 몇 주 단위나 한 달에 한 번 꼴로 타운홀을 진행하는데 직원이면 누구나 참여할 수 있다. 언제 어떤 주제를 갖고 타운홀을 열 것인지도 공지한다. CEO인 맷의 경우 월 한 차례 정기적으로 타운홀을 연다. 이를 통해 직원과 대표 간 소통을 할 수 있는 자리를 마련하는 것이다.

또 오토매틱은 전 직원이 1년에 한 번 만나는 그랜드 밋업(Grand Meetup)이라는 행사도 연다. 이 자리에서도 CEO와의 타운홀을 진행해 누구나 자유롭게 질문하고 자유롭게 대표로부터 답을 얻을 수 있도록 했다. 사내 정보를 누구나 이런 과정을 통해 잘 듣고 공유할 수 있어 앞서 밝혔듯 사내 정치가 사라지는 효과를 얻게 됐다.

오토매틱은 그 밖에도 팀 밋업과 그랜드 밋업 외에 워드캠프(WordCamp)라고 불리는 워드프레스 관련 개발자 행사를 진행한다. 이런 이유로 직원에게는 발표자나 자원봉사자 참여를 권장한다. 참여하게 되면 회사가 모든 경비를 지원해주는 건 물론이다.

오토매틱은 일을 진행할 때에도 코드 검색이나 문서 검색, 코드 배포와 오류 보고 등 모든 작업을 웹으로 처리한다. 누구나 접근할 수 있는 건 물론이다. 작업 자체도 다 알아서 할 수 있도록 개방했다. 물론 이 과정에서 문제가 생기면 발견자가 "이거 지금 배포를 했는데 오류가 생겼다"는 보고를 누구랄 것 없이 하면 곧바로 롤백(Roll Back)을 빠르게 하는 제도를 운영한다.

• 평가는 결과만·휴가 일수도 내 맘대로

오토매틱 내부에는 직원을 평가할 때 등급이나 점수 같은 걸 매기는 건 존재하지 않는다. 대신 6개월마다 한 번씩 피드백을 준다. 팀 리더나 팀원 개인에게도 셀프 피드백을 받는다. "이 사람이 당신 팀에서 잘하고 있냐?"거나 "이 사람이 가장 잘한 일을 적어도 한 가지 얘기해 달라" 혹은 "이 사람이 좀 더 개선할 수 있는 것 같은 점을 적어도 한 가지 말하라"는 식으로 묻는다. 이렇게 질문을 던진 팀 리더가 받은 피드백은 해당 직원에게 전달된다. 다시 말해 무슨 점수를 매기는 게 아니라 정말 이 직원이 어떻게 하면 좀 더 오토매틱 일원으로 발전할 수 있을지에 대한 피드백을 주는 것이다.

셀프 피드백의 경우에는 일단 직원 스스로 평가하는 것 자체가 스트레스이긴 하지만 일부 국내 기업이 반드시 셀프 피드백을 보내게 하는 데 비해 오토매틱에선 선택 사항이다.

오토매틱은 직원이 몇 시간을 일했는지 근태는 어떤지 혹은 몇 시부터 몇 시까지 오피스 아워를 제대로 지켰는지 같은 건 전혀 고려하지 않는다. 평가 항목에도 이 사람의 아웃풋(Output), 결과물이 어떤지만 묻는다. 인풋(input)에 대해선 절대로 평가하지 않는다는 얘기다. 철저하게 결과 중심적으로 돌아가는 것이다.

휴가의 경우에도 조금 독특하다. 완전한 자율휴가제인 것. 정해진 휴가 일수는 놀랍게도 없다. 신청 과정만 있고 승인 과정은 아예 없다. 신청하는 폼만 보면 그냥 언제부터 언제까지 휴가를 쓸 것인지, 사유는 뭔지 객관식 중 항목만 고르면 된다. 그냥 클릭 몇 번이면 휴가를 신청할 수 있다는 얘기다. 그게 끝이다.

여기에는 사실 이유가 있다. 육아휴직이나 이런 건 물론 공휴일만 해도 전 세계 국가마다 다르다. 본사 입장에서 보면 어떤 국가에서 언제 쉬는지 정확하게 체크할 수 없다. 그러니 알아서 하라는 것이다.

이런 제도 때문에 아이가 아파서 혹은 부모님이 찾아오셔서 아니면 개가 아파서 쉬기도 한다. 아니면 그냥 쉬고 싶어서. 이렇게 다양한 이유로 휴가를 쓸 수 있는데 1년에 며칠 안 되는 사내 특별 일정이 있을 때나 팀끼리 모여야 하는 밋업 같은 게 있다면 되도록 참여해야 한다는 정도만 신경을 쓰면 된다. 물론 이럴 때라도 특별한 이유가 있다면 별로 상관하지는 않는다. 그저 "그 친구는 언제 오지?" 이게 전부다.

오토매틱은 또 근속 5년이 되면 2~3개월가량 안식 휴가를 준다. 물론 유급이다.

- 오토매틱이 본 리모트워크의 단점

물론 리모트워크의 단점도 있다. 먼저 신입이 성장하기 어려운 환경일 수 있다는 것이다. 옆에서 1:1로 붙여서 알려줄 환경이 안 되는 탓에 신입이 성장하기는 어렵다는 얘기다. 오토매틱이 기술직의 경우 경력만 채용하는 것도 이런 이유가 있다.

외로움을 느끼기 쉽다는 것도 단점이다. 100% 재택근무를 하다 보면 하루 종일 대화 한 마디 없이 일하는 경우도 생긴다. 또 소속감이 자칫 약해지기 쉽다는 점도 흠으로 들 수 있다. 회사에 출근하는 것도 아니고 계속 어떻게 보면 혼자 일하는 느낌을 강하게 받기 쉽다. 이런 이유로 소속감이 약해지기 쉬운데 오토매틱은 이런 점을 보완하기 위해 앞서 밝혔던 1년에 몇 차례씩 정기적으로 만나도록 해 소속감을 키워주려 하는 것이다. 기업 목표에 대해 계속 주지시키고 직원이 회사의 목표, 팀 목표 등을 잘 알고 있는지 정기적으로 묻고 점검하는 과정을 거치는 이유다.

일부지만 비동기 커뮤니케이션을 불편하게 느끼는 사람도 있을 수 있다. 시차가 있고 리모트워크로 일하다 보면 곧바로 답을 받기 어렵다. 글로벌 기업의 경우 시차가 많이 나면 12시간씩 나기도 한다. 오토매틱에서도 이런 점에 대해서 불편함을 느끼기도 한다. 이런 점은 리모트워크를 진행하려는 기업 중 해외 직원과의 소통에서 염두에 둬야 할 것으로 보인다.

노매딕 문화 위에 세워진 스타트업, 버퍼

소셜미디어 매니지먼트 플랫폼 버퍼는 70명 넘는 전 직원이 리모트워크를 한다. 2012년부터 모든 직원이 원하는 지역에서 자유롭게 근무를 할 수 있도록 하는 완전 리모트워크제를 실시하고 있는 버퍼는 2015년 샌프란시스코에 있던 사무실까지 폐쇄하면서 리모트워크의 선구자격인 기업이 됐다. 버퍼의 선례를 따라 워드프레스 플랫폼을 만드는 오토매틱(Automattic)등이 완전 리모트워크 제도를 도입하기도 했다.

버퍼는 조엘 개스코인(Joel Gascoigne)이 2010년 영국 버밍엄에서 설립했다. 그는 투자금을 유치하기 위해 공동창업자 두 명과 미국 샌프란시스코로 이주해 스타트업 인큐베이터인 엔젤패드에 조인하게 된다.

2011년 무렵 버퍼가 유치한 투자 금액은 40만 달러 정도였는데 당시 영국인이던 그들은 미국 비자를 받지 못해 쫓겨날 상황에 놓이게 된다. 비자를 기다리는 동안 일단 홍콩에 머무르면서 일했고 미국에 머무르진 않았지만 신규 채용이 계속 필요했다. 이런 이유로 투자금으로 전 세계 인재를 채용해나가기 시작한 것이다. 이게 바로 버퍼가 리모트워크를 시작하게 된 계기가 됐다. 비자를 받아 샌프란시스코 사무실을 운영하면서도 리모트워크를 시행하게 됐고 2015년 사무실까지 닫으면서 완전히 사무실 없는 리모트워크를 도입하게 된다.

• 버퍼가 말하는 리모트워크의 진화 5단계

버퍼는 자사 블로그에 리모트워크의 진화 단계를 5단계로 정의하고 있다. 사무실에서 근무하는 것이 첫 번째 단계다. 두 번째는 사무실은 있지만 집에서 일하는 것을 허용해주는 것이고 세 번째는 리모트워크를 허용하지만 같은 타임존에서만 일을 하는 방식이다. 네 번째는 다른 타임존에서 활동하지만 팀원 간 교차되는 시간이 있고 커뮤니케이션과 협업을 위한 구조적 셋업이 필요한 단계다. 다섯 번째는 팀원 전체가 모두 다른 타임존에서 활동해도 되는 단계로 리모트워크의 가장 상위 단계에 해당한다.

버퍼는 전 직원이 유목민을 뜻하는 노매딕 정신을 기반으로 여러 타임존에서 자유롭게 여행하며 일하는 다섯 번째 단계에 해당하는 기업이다. 버퍼처럼 다섯 번째 단계 리모트워크를 실시하는 기업 중에서도 사무실을 두고 있는 경우도 많지만 버퍼는 자사소유의 사무실까지 모두 없애 버렸다.

물론 버퍼 역시 자사 소유의 사무실을 샌프란시스코 소마지역에 둔 적이 있었다. 사무실을 운영한 것은 두 가지 이유 때문이었다. 첫째는 팀원이 회사 사무실에서 일하며 버퍼의 문화를 완전히 포용하길 원했기 때문이고 두 번째는 회사의 모든 팀원이 참여하는 10일간 회사 리트릿(retreat)을 열기 위한 충분한 공간이 필요했기 때문이다. 이런 이유에도 버퍼가 사무실을 완전히 없애버린 이유는 효율적으로 업무를 처리하는 것이 함께 일을 해야 하는 사무실의 존재 여부와는 관련이 없다고 생각됐기 때문이다.

조엘은 "직원이 샌프란시스코에 있고 같은 사무 공간에 있다면 미팅 같은 것은 얼마든지 연기할 수 있을 것이다. 결론적으로 우리는 항상 일을 즉시 해결하는 것이 좋다고 생각한다. 같은 공간에 있지 않은데 회의를 해야 한다면 행아웃 등을 통해 즉시 미팅을 진행할 수 있다면 굳이 한 공간에 있을 이유가 있을까. 비슷한 맥락에서 같은 사무실에 있더라도 힙챗(HipChat)으로 채팅을 하거나 이메일을 보내는 걸 보면 효율적이지 않다고 볼 수 있다"고 말했다. 이 같은 생각을 기반으로 버퍼는 사무실을 운영하지 않아도 되겠다는 판단을 내렸다. 현재 버퍼는 사무실 환경에서 일하고 싶어 하는 직원들을 위해 코워킹스페이스를 임대해 이용하고 있다.

• 결과, 균형, 생산성에 초점

조엘이 말하는 리모트워크의 장점은 생산적으로 일할 수 있다는 것이다. 기본적으로 버퍼 직원은 자기 주도적 업무를 하기 때문에 생산성이 높다. 버퍼는 근무시간이란 것 자체가 없고 직원 근무시간도 측정하지 않는다. 그 대신 결과와 균형, 지속적인 생산성에 초점을 맞춰 회사를 운영하고 있다. 채용에 있어 기준을 두고 있지 않지만 자율성을 기반으로 활동하는 프리랜서와 스타트업에서 근무해본 사람을 선호하는 편이다.

버퍼가 리모트워크를 통해 얻을 수 있는 또 다른 장점은 다양한 타임존에서 근무하는 직원 덕분에 고객 서비스 응대를 빠르게 할 수 있다는 점이다. 버퍼에 따르면 버퍼의 이메일 응대 중 80%는 1시간 내에 이뤄진다.

또 투명성은 버퍼가 추구하는 가장 중요한 가치다. 조엘은 "투명성은 신뢰를 낳고 신뢰는 훌륭한 팀워크의 근간"이라고 언급한 바 있다. 이 같은 신뢰의 문화는 전 직원 임금 공개를 통해 증명되기도 했다.

버퍼는 투명한 정보공개와 리모트워크를 효과적으로 하기 위해 협업툴을 최대한 활용하고 있다. 실시간 커뮤니케이션을 위해 사용하는 슬랙을 사무실처럼, 영상 회의 툴 줌을 컨퍼런스룸이라고 여길 정도로 활발하게 이용하고 있다. 그 밖에도 버퍼는 드롭박스의 페이퍼, 트렐로, 제네핏, 구글시트, 디스커스 같은 협업툴을 활용하고 있다.

• 리트릿 행사·복지제도… 리모트워크 보완에도 공들여

버퍼는 대면하지 못해서 오는 문제를 해결하고 팀원 간 결속을 다지기 위해 전사가 함께 참여해 전 세계를 여행하는 리트릿 행사를 열고 있다. 전 직원이 참여하는 리트릿 외에도 팀 단위로도 작은 리트릿도 진행하고 있다. 지금까지 싱가포르, 태국, 스페인, 남아프리카, 호주 등 여러 국가에서 리트릿을 열었다. 리트릿은 서로 떨어져서 근무하다가 한 장소에 모여 얘기를 나누고 식사를 하는 행위를 통해 버퍼의 문화와 가치를 공유하는 시간이다. 함께 즐거운 시간을 보내는 행사지만 리트릿 기간 동안 개발을 진행하기도 한다.

버퍼는 리모트워크에 알맞은 복지제도도 마련하고 있는데 시행착오를 경험하며 부족한 부분을 개선해가고 있다. 버퍼는 직원들에게 최적의 휴가 혜택을 제공하기 위해 시스템을 여러 차례 바꾸기도 했다. 처음에는 직원들에게 무제한으로 휴가를 사용하게 했으나 이를 제대로 활용하지 못하는 직원으로 인해 팀 전체에게 휴가를 주기는 방식으로 변동을 줬고 그 결과 매년 최소 3주 휴가를 제공하는 것이 최적이라고 판단해 이를 따르고 있다.

버퍼는 일반 기업이 제공하는 무료점심이나 사무실에서 누릴 수 있는 복지시설을 이용하지 못하지만 다양한 형태로 이를 보상해주고 있다. 사무실이 없어 코워킹스페이스나 카페에서 일을 하는 직원들을 위해 버퍼는 코워킹스페이스 멤버십 비용을 제공하고 있다. 일하고 있는 지역마다 비용은 다르지만 버퍼는 팀마다 8만 달러씩 코워킹스페이스 예산을 책정하고 있다. 또 팀당 1만 달러까지 커피 지원 예산을 책정해 제공하고 있다.

그 밖에도 인터넷비, 자기계발비, 도서비, 헬스비, 기기지원비 등을 지원하고 있다. 버퍼는 특별히 회계 서비스 지원비도 제공하는데 이는 여러 국가에서 활동하는 직원이 각 국가에 맞는 회계 서비스를 받을 수 있도록 하기 위함이다. 또 매년 1회 전 직원이 참여하는 리트릿 행사를 위한 항공비와 숙박비, 식비 등도 모두 무료 제공한다.

버퍼는 이런 여러 노력을 통해 리모트워크에서 올 수 있는 문제를 해결하고 있지만 지속적으로 리모트워크가 가진 한계를 극복하려고 노력하고 있다. 혼자 일을 하면서 팀원이 경험할 수 있는 고립감을 해결하기 위해 팀원이 참여하는 영상 채팅을 주기적으로 열고 매주 팀원이 다른 사람들과 연결될 수 있도록 격려하고 있다. 조엘은 블로그를 통해 리모트워크를 실행하면서 발생하는 도전 과제는 여전히 많지만 버퍼가 만들어가고 있는 혁신이 몇 년 안에는 일상이 될 수 있을 것이라고 생각한다며 이 혁신의 실험에 동참하는 것은 특권이자 매우 즐거운 일이라고 밝힌 바 있다.

에어비앤비
“대면 커뮤니케이션·사무실에 공들인다”

에어비앤비는 오프사이트(Offsites)라는 이름을 지어 오프라인 행사를 하고 있다. 에어비앤비는 아태지역 등 글로벌을 몇 개 권역으로 나누고 있다. 오프사이트를 할 때에는 정기적으로 만남을 진행한다. 아태지역, APAC에선 1～2개월에 한 번씩 다 같이 모여서 게임이나 액티비티 등을 하는 등 만남을 유지한다. 또 이런 오프라인 모임 중에서도 원에어비앤비라고 불리는 1년 중 한 번 2,500～3,000명에 이르는 직원이 모두 샌프란시스코에서 모여 파티를 하는 행사를 진행한다.

이런 활동이 중요한 이유는 뭘까. 에어비앤비 본사는 잘 알려진 것처럼 샌프란시스코에 있다. 하지만 팀은 다 지사별로 위치하고 있다. 팀원이 직접 만나서 게임을 하거나 액티비티를 하는 것도 중요하지만 사실 이런 자리에선 다른 오피스에 가서 다른 팀원을 만난다는 게 중요하다. 일을 하다 보면 다른 팀에게 일을 부탁해야 할 때도 많다. 얼굴도 한 번 안 본 사람이라면 인사말이 길어지기 마련. 하지만 한 번이라도 얼굴을 보면 부탁하기도 쉬워진다. 이런 이유로 에어비앤비는 오프사이트를 잘 활용하는 편이다.

다음은 채널. 에어비앤비는 채널을 상당히 많이 쓴다. 채널 외에도 다른 게 많지만 중요한 건 대화를 하고 끊임없이 이어가는 것이다. 다른 기업과 마찬가지로 기록해서 문서화하는 것도 중요시해 최대한 글로 많이 남기는 것도 잊지 않는다. 또 툴을 이용해 상사와 부하 직원이 매주 한 번씩 얼굴을 보면서 사적인 얘기를 하거나 팀 미팅 차원에서도 일주일에 한 번씩은 진행한다.

리모트워크를 하다 보면 자칫 자신이 뭘 위해 일하고 있는지 목표가 흐려질 수 있다. 이런 점에서 'Priority Check'로 불리는 일주일에 한 번씩 자신이 뭘 위해 일하고 일한 게 어디에 기여가 되고 있는지에 대한 부분을 상사와 얘기하는 시간을 갖는다.

또 프로그레스 업데이트(Progress Update)를 통해 문서화한 걸 얼마나 진행하고 있는지 보고를 하고 1~2주에 한 번은 허들타임(Huddle Time)을 통해 절대 일 얘기를 하면 안 된다는 룰도 정해 실시한다. 개인적인 얘기를 하면서 서로 생일이나 업무로 쌓인 스트레스를 풀기도 한다.

에어비앤비는 리워드 시스템을 통해 국가별로 메달 시스템을 통해 퍼포먼스가 가장 높은 직원은 플래티넘, 다음은 골드, 브론즈 이런 식으로 뽑는다. 이렇게 뽑힌 직원은 한 달 동안 샌프란시스코에서 일할 수 있도록 지원을 해주거나 원하는 오피스에 가서 일을 할 수 있는 등 메달 시스템을 통해 리워드를 해준다. 여기에는 다른 이유도 있다. 에어비앤비 역시 팀이 지역별로 나뉘어져 있기 때문에 팀 얼굴을 한 번씩 보고 토론을 하는 걸 중시하는 것. 또 탄력적 근무시간(Flexible Hours) 제도를 통해 직원 중 누가 아프거나 할 때 활용할 수 있다.

에어비앤비는 글로벌 기업답게 지역별 팀마다 어쩔 수 없이 발생하는 시차 문제에서 자유롭지 못하다. 이런 이유로 사내에선 룰이 있다. 다른 지역에 있는 직원에게 연락할 때에는 해당 직원의 근무 시간대에 맞춰서 하라는 것이다. 리모트워크라고 근무 시간은 있는 만큼 이를 먼저 확인하고 배려를 하자는 취지에서다.

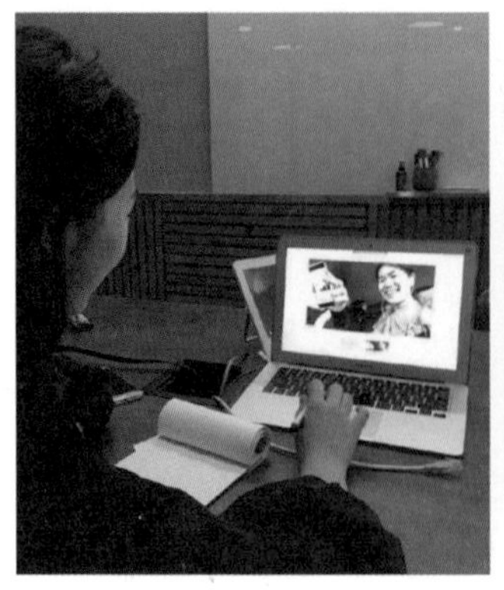
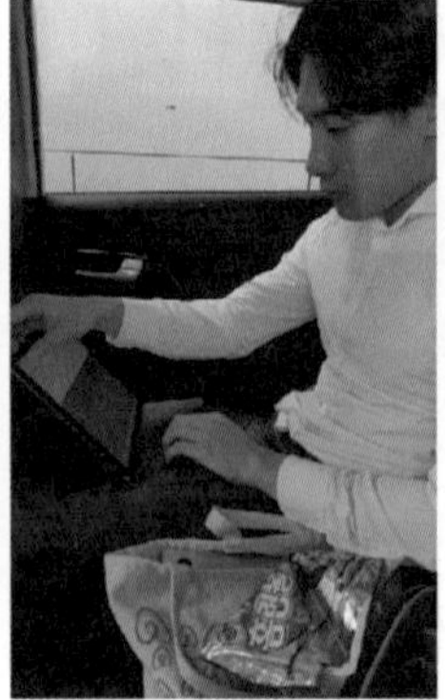

에어비앤비는 글로벌 미팅을 잡을 때에도 항상 시간은 두 개가 있다. 유럽 쪽에 맞는 시간과 아시아 쪽에 맞는 시간 이렇게 두 개가 있어서 발표자는 항상 두 번씩 하는 시스템을 유지한다.

에어비앤비가 리모트워크를 하면서 가장 중요하게 여기는 건 아이러니라고 생각할 수도 있지만 오피스에 오는 것과 대면 커뮤니케이션을 중시한다는 것이다. 에어비앤비는 사실 그냥 PC와 와이파이만 있어도 집에서 일을 할 수 있는 기업일 수 있지만 항상 사무실에 투자를 하고 사람이 좀 더 나오기를 권장한다.

탑탤 "좋은 원격근무자는 안 좋은 현장근무자보다 낫다"

탑탤(Toptal)은 디자이너와 개발자를 위한 프리랜싱 플랫폼을 제공한다. 좋은 프로젝트와 유능한 개발자를 연결해주자는 취지로 실리콘밸리에서 창업한 것.

탑탤은 '지역 필터'를 전혀 신경 쓰지 않는다. 이곳에선 핵심 팀원을 비롯해 수천 명에 달하는 엔지니어가 모두 원격으로 근무한다. 이 중 절반은 전 세계 곳곳을 여행하는데 리모트워크를 시행하는 기업이 부여하는 특전이기도 하다. 해변이나 사무실 어디든 관계없이 모두 똑같이 일한다.

탑탤이 리모트워크를 시행하는 이유는 단순한 질문에서 시작됐다. 설립 지역이 아닌 다른 국가에 있는 인력을 채용하고 싶다면 어떻게 해야 할까. 그 인력을 굳이 회사가 있는 곳까지 데려오는 게 과연 현실적인 방안일까.

또 다른 현실적인 문제도 있다. 샌프란시스코 같은 경우를 생각해보자. 멋진 아이디어로 어마어마한 돈을 투자받아 탁구 테이블이 있는 좋은 사무실을 짓는다. 모든 팀원은 반드시 한 사무실에서 근무해야 한다. 물론 이전에는 이런 방식으로 큰 성공을 거둔 곳이 많다. 벤처캐피털과 스타트업 등이 샌프란시스코로 몰려들면서 물가가 계속 올랐다. 회사를 시작하는 단계에선 부담스러운 곳이 되어 버린 것이다. 자체 수익은 전혀 없이 투자 받은 금액만으로 이런 곳에 사무실을 갖는 건 쉽지 않다. 다른 곳에 있는 직원을 이런 곳으로 데려오려면 돈이 많이 드는 건 물론이다. 리모트워크는 이런 점에서 최선의 길, 방식이 될 수 있다. 브랜든 베네슈트(Breanden Beneschott) 탑탤 공동 창업자는 "좋은 원격 근무자는 안 좋은 현지 근무자보다 낫다"고 말한다. 뛰어난 리모트워커는 바로 옆에 앉아 있거나 지구 반대편에 있거나 관계가 없다는 얘기다.

알렉세이 셰인(Alexey Shein) 탑탤 네트워크 개발자는 리모트워크를 할 때에는 비동기식 업무 방법과 사람을 깊이 신뢰하는 게 중요하다고 말한다.

다른 문제에 대한 고민도 필요하다. 리모트워크를 하면 자금 흐름을 관리하거나 회계 업무 추정, 회사로부터 어떻게 임금을 지급받을지 고민할 수도 있다. 기존 프리랜서를 통한 리모트워크 방식에선 어떤 문제가 있었는지 고민해볼 필요가 있다는 것이다. 탑탤은 리크루터가 클라이언트와 프리랜서 간 갈등을 조율한다.

탑탤은 또 탑탤 아카데미를 통해 어드밴스드 CSS(Advanced CSS)나 앵귤러(Angular) 강좌 등을 진행한다. 개발자 대부분이 자바스크립트 기술을 보유하고 있지만 페이스북 리액트(React) 같은 게 추세라면 개발자가 더 많은 프로젝트를 얻을 수 있기를 바라기 때문에 이 같은 강좌를 진행하는 것이다. 프로그래밍이나 디자인을 배우고 싶다면 슬랙을 통해 글로벌 멘토링을 진행하고 여성 개발자를 위한 탑탤 장학금 제도도 운영한다. 여성 개발자가 어떤 문제를 겪는지 어떤 일을 이루고 싶은지에 대한 글을 쓰는 경진대회를 열기도 한다.

탑탤은 채용할 때에는 스카이프와 행아웃으로 언어와 인성 면접을 진행한다. 다음 면접 일을 직접 선택하고 개발자라면 웹사이트에서 프로그래밍 테스트를 진행한다. 지원자 중 보통 26%가량이 첫 면접을 통과할 수 있다고 한다. 실전 면접은 오픈소스로 이뤄지기 때문에 같은 문제가 나오지는 않는다.

03

스타트업,
리모트워크로 일한다

로켓펀치, 보이지 않는 연결의 힘을 만드는 사람들

로켓펀치는 2013년 스타트업 위키피디아로 시작해 스타트업 채용 플랫폼으로 이름을 알렸다. 서로가 서로를 인지하는 것조차 일이었던 초기 스타트업 생태계에서 이들이 주목한 건 '연결'이다. 기업이 원하는 인재를 찾고 인재도 가능성을 실현할 수 있는 기업을 찾을 수 있도록 기업과 채용 관련 정보를 한데 모았다. 정보가 필요한 사람, 구인구직 중인 기업과 인재가 로켓펀치 플랫폼에 모여들면서 스타트업 네트워킹 플랫폼으로 성장했다.

2018년 11월에는 채용을 위한 연결에서 나아가 비즈니스 상황에서 활용될 수 있는 연결로 서비스를 확장했다. 자신의 비즈니스 프로필을 등록해 네트워킹, 기업정보, 구인구직, 투자 같은 정보를 제공하고 이를 필요로 하는 사람과 만날 수 있도록 만들었다.

· 우리는 자율근무로 일한다

로켓펀치가 자율근무를 도입한 건 2015년 무렵이다. 당시 로켓펀치를 만드는 인원은 조민희 대표를 포함해 다섯 명이었다. 그 무렵 김동희 CTO가 발을 다쳐 출퇴근이 어려워지면서 원격근무 논의가 시작됐다. 이미 클라우드 시스템을 도입해 꼭 사무실에 나오지 않더라도 업무에는 지장이 없었다.

애초부터 로켓펀치는 오프라인 공간을 염두에 두지 않았다. 이유는 명확하다. 온라인 서비스를 만드는데 굳이 물리적인 공간에 모여 있을 필요가 없었다. 공간 개념을 전제로 하는 원격근무 대신 자율근무라는 개념을 쓰는 것도 이런 이유에서다. 자율근무 결정 이후 언제 어디서 어떻게 일을 해야 한다는 규칙을 정하지도 않았다. 알아서 일할 공간을 정하고 원하는 시간에 자유롭게 일하되 최고의 효율을 내면 그뿐이다. 로켓펀치는 팀원 10여 명이 각자 공간에서 자유롭게 일하고 있다. 이들이 한자리에 모이는 건 1년에 두 차례 열리는 워크숍에서다.

일하는 방식은 자유롭지만 일의 목표나 지향점, 달성 시점, 구성원의 역할은 명확하게 정해놓고 진행하고 있다. 모여 있지 않아도 서로가 어떤 일을 하는지 확인할 수 있도록 업무 관련 자료는 클라우드 기반으로 작성과 보관이 이뤄진다. 구성원의 한 주간 업무 내용과 차주 업무 일정은 시트별로 공유한다. 업무 효율을 끌어올리기 위한 도구에도 아낌없이 투자한다. 굳이 한 공간에 모이지 않아도 각자 업무와 구성원, 전체 프로젝트의 목표를 확인하고 한 방향으로 나아갈 수 있도록 마련한 장치다.

얼굴을 마주보고 있진 않지만 커뮤니케이션이나 업무에 큰 지장은 없다. 비대면 상황에서 발생할 수 있는 문제에 대처하기 위한 내부 방침도 마련했다. 트렐로(Trello)나 슬랙(Slack)으로 다른 팀원에게 의견을 구하거나 업무를 요청할 때 반드시 특정인을 지목하고 팀원은 요청 업무에 대해 24시간 내에 답을 준다는 원칙이 대표적인 예다. 노트북을 사용할 수 없는 곳, 다시 말해 업무 처리가 불가능한 경우에는 최소 2~3주 전에 캘린더에 표시하고 구성원에게 알려야 한다.

구성원 만족도는 높은 편이다. 가장 큰 이유는 업무 효율성. 윤유진 프로덕트 매니저는 "이전 회사에서 항상 전화와 채팅, 미팅, 찾아오는 누군가에 의해 온전히 업무에 집중할 시간은 야근하는 시간뿐이었다. (자율근무를 하는 현재는) 집중할 수 있는 시간에 누구의 방해도 받지 않고 온전히 집중해서 일할 수 있다"고 답했다. 물론 자율근무도 회의가 오후 시간까지 이어지면 밤에도 야근을 하지만 상대적으로 집중 시간은 늘어난다는 설명이다. 임지연 경영지원 매니저도 "아침에 출근을 준비하는 시간과 출퇴근 시간을 합치면 3시간 정도는 절약된다"며 "만원 전철에 시달려 출근했을 때 이미 지쳐있는 경우는 없다"고 밝혔다.

• 만만하게 보다간 큰 코 다친다

'감시(또는 관리)하지 않는데 조직이 운영된단 말인가?' '하루 종일 놀아도 아무도 모르지 않을까?' '회사가 네가 일하고 있는지 어떻게 알아?' '시간 많겠는데?' '쉬울 것 같다' 로켓펀치 구성원이 밝힌 자율근무에 대한 흔한 오해다. 아무리 공식 팀원이라고 말해도 자꾸 프리랜서로 생각한다는 사연도 있다. 김성규 부대표는 "경험해본 적이 없기 때문에 각자의 장점 또는 단점을 연상한다"고 말한다.

로켓펀치 구성원 대부분은 자율근무를 바라보는 시선에 대해 오해일 뿐이라고 선을 긋는다. 물론 하루 종일 일이 아닌 다른 일을 할 수는 있다. 하지만 구성원의 업무 현황이 클라우드로 공유되어 있고 이를 차치하더라도 구성원 각자에게는 끝내야 할 일이 있다. 모여 있지 않아도 과정과 결과는 구성원에게 드러나 있다. 더구나 협업 체제에서 제 역할을 하지 못한다는 것은 스스로의 존재 자체를 부정하는 것과 다름없다. 이런 위험을 감수하고서까지 각자에게 주어진 자유를 남용할 구성원이 있을까. 결론적으로 자율근무는 겉에서 바라보는 것보다 쉽지 않다. 오히려 더 높은 수준의 책임감과 집중력을 요구한다.

로켓펀치 합류 3년차라고 밝힌 김성규 부대표는 "특히 높은 수준의 자존감을 지켜야 하는 자기주도의 업무는 상당히 어려운 일"이라고 답한다. 주어진 시간을 스스로 활용할 때 조직의 목표와 개별 한계 역량에서 꾸준한 노력은 필수라는 설명이다. 정희동 소프트웨어 엔지니어는 "업무 환경을 직접 설정하고 조율할 수 있어 업무 효율을 향상시킬 수 있지만 의식적으로 일과 생활을 분리하지 않으면 저절로 분리가 어려운 만큼 출퇴근이 명확한 사무실보다 스스로 잘 관리해야 한다"고 의견을 보탰다. 김재찬 프로그래머 역시 "자율 근무는 결코 사무실 근무에 비해 좋기만 한 것은 아니며 사무실 근무에 비해 훨씬 철저한 자기 관리가 필요한 일"이라고 밝혔다.

특히나 자율근무 문화를 만들고 유지하는 것도 구성원간의 노력이 이어져야 한다. 김성규 부대표는 "자율근무 문화가 자리 잡으려면 시간활용, 협업, 실행 방식, 업무 공유 등 서로 간의 약속을 공유해야 하고 이에 더해 헌신과 신뢰 등 정성적 요소가 어우러져야 한다. 다양한 사람이 함께하는 조직에서 모든 이의 다름을 구조적으로 이해하기란 결코 쉽지 않은 일"이라며 "다양한 제약 기준을 문서나 장치로 두기보다는 우리의 방식을 정의하고 늘상 확인, 조정해야 한다. 이와 함께 상호간 인간관계나 직무 구조 같은 이슈에 지속적인 대응이 필요하다"고 강조했다.

그럼에도 자율근무를 이어나갈 수 있는 건 로켓펀치가 만드는 서비스와 이를 만드는 사람들이 공통분모를 갖고 있기 때문이다. 한마디로 정의하자면 '자율성'이다. 이상범 이사는 "우리가 만드는 서비스 자체가 자신의 업에 대한 관심이 많은 사람들이 더 효율적으로 일할 수 있도록 돕는 서비스"라고 표현한다. 구성원이 공유하는 가치관도 이와 맞닿아 있다. 누군가 정해준다기보다 구성원 스스로 판단하고 역량을 발휘해야 한다는 점에서다.

바로 이 부분은 로켓펀치 구성원 스스로가 존재이유를 찾고 자율적으로 행동할 수 있는 밑거름이 된다. 이상범 이사는 "무엇보다도 로켓펀치라는 서비스를 만들어보고 싶은 사람들이 모여 있다. 서비스 자체에 대해 흥미를 느끼거나 대한민국에서 만들어보고 싶은 서비스, 로켓펀치 서비스 철학에 동의하는 사람이 모였다. 팀원 모두 로켓펀치를 성공시켜 보겠다는 욕망도 있다"고 덧붙였다.

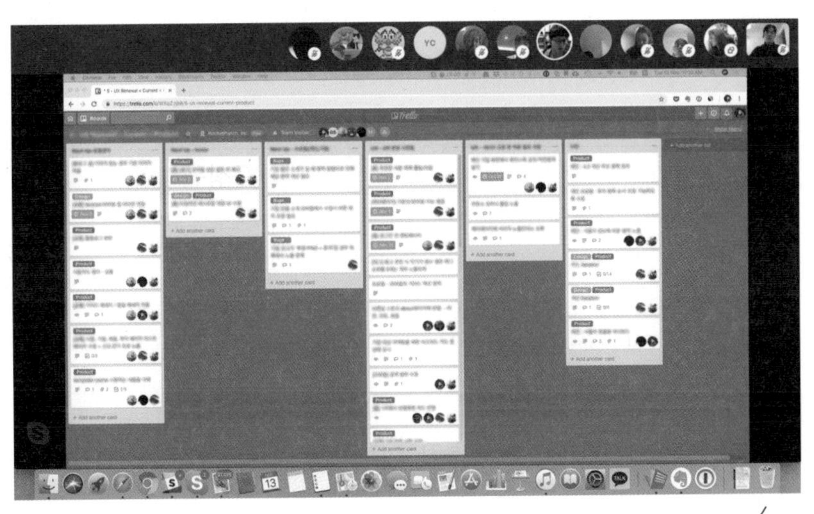

• 자율근무가 유지되기 위해 필요한 건…

"본인의 체력과 스케줄, 업무량을 고려해 하루에 일할 시간을 정해야 한다. 하지만 제일 중요한 것은 회사를 이끌어나가는 사람의 믿음이다. 팀원이 눈앞에 보이지 않으면 불안해하는 사람이 회사를 이끈다면 자율근무는 절대 이루어질 수 없다."고 로켓펀치의 김재찬 프로그래머는 말한다.

로켓펀치가 자율근무를 도입한 이후 특히 신경을 쓰고 있는 분야는 채용이다. 이상범 이사는 자율근무가 제대로 운영되기 위한 기본 중의 기본은 스스로 일을 처리할만한 역량이라고 강조한다. 업무를 감독하는 사람도 없고 때로는 바로 옆에서 도와주는 사람도 없다. 실력은 기본, 주도적으로 업무를 진행할 수 있고 다양한 형태의 의사소통이 가능한 인재를 선호한다. 무엇보다 기본적으로 자신이 하는 일을 좋아해야 한다.

로켓펀치 구성원 대부분도 로켓펀치 내에서 '사람'이 무엇보다 중요한 요소라는 점에 동의한다. 함께 만들고 있는 사람에 대한 믿음이 전제되지 않으면 업무가 불가능한 구조기 때문이다. 오연주 데이터사이언티스트도 "가장 중요한 것은 사람과 신뢰"라고 언급했다. 책임감 있고 능력 있는 사람을 채용하고 이들이 일을 잘해낼 것이라고 믿을 때 자율근무가 가능하다는 입장이다. 임지연 경영지원 매니저도 "일하는 것을 즐기는 사람, 책임감이 강한 사람, 타인에게 흔들리지 않는 사람이 자율근무에 적합한 사람이고, 여기에 우리가 만드는 서비스나 상품에 애정을 가지고 빠져있는 사람이 있을 때 자율근무 문화가 자리 잡을 수 있다"고 말한다.

때문에 "로켓펀치에 왜 지원했느냐"는 물음에 '출퇴근이 힘들어서' '시간을 자유롭게 쓸 수 있어서'라는 답은 로켓펀치가 추구하는 그것과는 결이 다른 이야기로 들릴 수 있다. 로켓펀치 내에서 자율근무는 하나의 문화이자 일부분일 뿐이다. 이상범 이사는 "자율근무는 확실한 메리트 중 하나지만 로켓펀치의 전부는 아니다. 서비스를 만들기 위한 가장 효율적인 방법이자 최고의 서비스를 만들기 위한 하나의 문화"라고 덧붙였다.

아무리 좋은 문화라도 장단은 있는 법. 구성원이 현재 마주한 자율근무의 불편한 점은 뭘까. 구성원들은 비대면 커뮤니케이션으로 인해 발생하는 비효율, 사람에 대한 그리움, 동료애 등을 꼽았다. 김재찬 프로그래머는 "업무상 필요한 질문이나 요청을 했을 때 답이 늦게 오는 경우엔 해당 일을 멈출 수밖에 없기 때문에 비효율성이 발생한다"고 답했다. "프로그래머 입장에서 동료에게 서비스 코드에 대한 질문을 하고 싶을 때가 있다. 화상 회의 등의 수단이 있긴 하지만 아무래도 과거에 오프라인으로 진행했을 때와 비교하면 효율이 떨어지는 것처럼 느껴진다"고 대답했다.

김성규 부대표 역시 빠른 결정의 순간, 일상적으로 사용하던 협업도구와 이메일은 되레 불필요한 시간을 더한다고 덧붙였다. 윤유진 프로덕트 매니저도 의견을 보탰다. "업무 특성상 커뮤니케이션 할 일이 많지만 10분 정도 이야기하면 될 일을 회의 시간을 잡아서 진행할 때가 있다"는 것이다. 이밖에도 임지연 경영지원 매니저는 "분위기와 눈치로 다른 팀의 업무 상황을 파악할 수 없다는 점과 구성원과 친밀한 관계가 되지 못하는 점이 아쉽다"고 답했다.

• 중요한 건 업에 대한 본질

크고 작은 아쉬움은 있다. 그렇지만 이것들을 해결하기 위해 다시 한 공간에 모여서 일을 하자고 하면 한 공간에 모이자고 할까. 이상범 이사는 "자율근무의 단점 때문에 오프라인에 모이고자 하는 구성원은 없을 것"이라고 추측했다. 한 공간에서 일하는 것이 자율근무로 인해 발생하는 문제를 해결하는 만능열쇠는 아니라는 것이다. 온라인에서 일어나는 소통 문제와 외로움은 오프라인 공간에서도 충분히 일어날 수 있는 문제다. 때문에 사람과 사람이 모였을 때 발생하는 크고 작은 문제는 원인을 찾고 이를 해결하기 위한 최적의 답을 찾는데 집중하는 편이 낫다는 입장이다.

내부에서도 이미 불편함을 인지하고 대안을 고려하고 있다. 김성규 부대표는 "효율을 위해서 적절한 방법을 지속적으로 찾아서 적용할 필요가 있다"고 밝혔다. 이따금씩 사람의 온기를 그리워하는 구성원을 위한 장치도 고민하고 있다. 이상범 이사는 "오프라인 친목이나 동호회도 염두에 두고 있다. 물론 필요하다는 전제하에서다. 필요해도 구성원을 강제하는 일은 없을 것"이라고 말했다.

마지막으로 자율근무에 대한 추천 지수를 물었다. 구성원 대부분은 추천 의사를 밝혔다. 그 이전에 업과 자율근무, 그리고 사람에 대한 고민이 필요하다는 조언이 뒤따랐다. 이상범 이사는 "최근 20년간 인터넷과 함께 온라인 서비스가 등장했다. 그에 따른 온라인 툴도 진화를 거듭했다. 업무라는 틀에 적용해보면 유선전화만 있던 시대에서 이메일 등 다양한 커뮤니케이션 도구가 등장한 것이다. 한 공간에 있지 않아도 충분히 커뮤니케이션이 가능해졌다면 자율근무가 가능할 것 같다. 다시 말해 자율근무 자체가 중요하다기보다 비즈니스를 영위하기 위한 최적의 환경이 있고 이 환경에서 비즈니스가 충분히 가능한지 판단이 서면 자율근무를 도입해도 좋을 것 같다"고 전했다.

김성규 부대표는 “어느 종류의 근무 형태건 중요한 것은 일을 하는 사람 그리고 개인이다. 스스로 어떻게 하느냐에 따라 그 결과는 달라질 수 있으며, 그 과정에 다양한 변수와 시행착오 역시 의미 있는 자산이 될 것이라 생각한다. 자율근무라는 유행보다는 본질에 관한 충분한 고민이 있다면 좋겠다. 결국 조직은 목표가 있으며 그 목표에 어느 것이 합리적인지 선택해야 할 문제라고 본다. 혹시 자율근무를 선택했다면 서로 신뢰해야 한다. 그리고 명확하게 목표에 대해 공유해야 한다. 또 다양한 방식의 커뮤니케이션에 관해 고민하고 적용하고 평가해야 한다”고 조언했다.

신뢰와 시스템이 씨줄과 날줄로 엮인다 '체커'

체커는 카카오 초창기, 소프트웨어 엔지니어로 일했던 황인서 대표와 오픈소스 개발자인 장기영 기술책임이사, 앤트위즈 창업자 양용성 제품 책임이사가 의기투합해 만든 데이터베이스 개발, 관리 솔루션 기업이다. 2016년 12월, 공동창업자 3명은 양용성 이사가 개발하던 SQL게이트(SQLGate)를 한국을 넘어 세계시장에 선보이겠다고 뜻을 모았다.

체커가 선보인 SQL게이트는 데이터베이스 관리 소프트에어로 기업의 데이터 업무 혁신과 생산성 향상을 위한 솔루션이다. 대기업과 제조, 금융, 방송, 통신 등 국내 2만여 곳이 SQL게이트를 활용하고 있다. 누적 라이선스는 5만 5,000건을 돌파했다. 데이터베이스 개발 관리 솔루션에 블록체인을 결합한 보안 솔루션도 시장에 나올 준비를 마쳤다.

체커는 공동창업자 3인이 모였을 때부터 원격근무를 시작했다. 양용성 이사가 체커 합류 이전 제주도에 이주해 생활하고 있던 터라 자연스레 원격근무가 이뤄졌다. 황인서 대표는 "원격근무에 대한 준비과정이 특별하다기보다 물리적으로 떨어진 채로 시작한 만큼 시스템이 잘 받쳐줘야 할 것 같다고 생각했다"고 전한다. 현재 체커는 서울시 강서구와 제주도 표선면에 사무실을 두고 있다. 18명의 체커 구성원(2018 기준)은 서울과 제주, 두 곳뿐 아니라 원하는 곳 어느 곳에서도 일할 수 있다.

• 우리가 일하는 방식, 내게 자유를 허하라

체커 내에는 일정을 확인하거나 업무량을 체크하는 구성원이 따로 없다. 정해진 근로시간은 주당 40시간, 각자 알아서 자율적으로 근무하며 목표치를 달성하면 된다. 물론 진행 중인 업무 완료 일정이 있을 경우에는 이를 준수해야 한다. 2017년에는 양용성 이사가 한 달간 치앙마이에서 일했다. 황인서 대표는 "물리적으로 떨어져 있어도 어떤 일을 하고 있는지, 진행상황이 서로에게 공유되고 있어서 큰 문제는 없었다"고 밝혔다.

하루에 몇 시간을 일해야 한다는 규정 또한 없다. 반차나 반반차라는 개념이 없는 것도 이런 이유에서다. 4시간 이하 일정은 따로 팀 내에서 시간을 조율하면서 활용할 수 있다. 부족한 업무시간은 자율로 채우면 된다. 휴가는 1년 최대 30일까지로 정했다. 이유를 설명하거나 허락을 받을 필요도 없다. 회의나 프로젝트 등 협업 스케줄을 미리 조절만 한다면 가능하다.

아침에 눈을 떴을 때 사무실에서 일을 하기 싫다면 다른 곳에서 일해도 상관없다. 나아가 일을 할 수 없는 상황이라면 구성원 모두가 볼 수 있는 캘린더에 '휴가'라고 기록하면 된다. 구성원은 내부에서 활용하고 있는 소통 툴 아지트에 시차와 출퇴근 시간, 외부 일정을 기록한다. 보고용이 아니라 회의나 함께 해야 할 일정이 있을 때 구성원에게 미리 알리는 용도로 쓰인다. 지켜야할 원칙이 있다면 "회의, 다른 팀과 협업, 일정 조율을 잘해야 한다는 것", 회사가 언제까지 무엇을 달성할 것인지, 팀별로 구체적인 업무를 언제까지 한다는 목표가 있고 이를 달성해야 한다는 것이다.

- 핵심은 잘 짜여진 시스템과 신뢰 공동체

"업무 효율성을 어떻게 끌어올리느냐는 중요한 문제다. 구성원이 장시간 앉아 일을 해도 성과가 나오지 않는 조직이 있는 반면 하고 싶은 대로 나둬도 구성원이 스스로 일할 수 있는 역량을 끌어올려 일을 하게 된다. 결국 중요한 건 자유롭게 일하는 문화다. 일하는 장소가 큰 문제가 되지 않는다. 나오고 나오지 않느냐의 차이는 기호 차이다. 사무실에 출근하는 구성원 중 혼자 밥을 먹기 싫어하는 사람이 있을 수도 있고 비대면 커뮤니케이션으로 소요되는 시간을 줄이기 위해 나오는 사람도 있다. 결국 상황에 따라 개인이 판단하면 되는 일이다."

체커가 원격근무 시스템은 체커의 핵심가치 중 하나인 자유와 맞닿아 있다. 황인서 대표는 "자유롭게 생각하고 자유롭게 일하며 자유롭게 행동할 수 있는 역량이 소프트웨어 분야 산업에서 핵심역량"이라고 말한다. 특히 소프트웨어 분야는 지식을 융합해 새로운 것을 만들어내는 분야다. 자유로운 환경에서 스스로에게 주어진 역할을 충실히 해낼 때 성공 가능성을 높일 수 있다는 뜻이다. 원격근무를 통해 자율성을 높인 것도 이런 이유에서다.

"불안하지는 않나요?" 황 대표가 답한다. "전혀요." 굳은 믿음의 기저에는 촘촘하게 쌓아올린 업무 시스템이 있다. 체커는 아지트, 슬랙, 지라 등 다양한 커뮤니케이션, 협업 툴을 통해 구성원과 정보를 공유한다. 업무와 협업 상황, 회사 내부 이슈와 공지사항 등은 구성원에게 실시간으로 전달된다. 어디에서건 정보에 접근할 수 있도록 VPN도 구축해뒀다.

시스템은 구성원 간 신뢰 연결고리를 촘촘하게 만든다. 황인서 대표는 "구성원이 사용하는 커뮤니케이션, 업무 툴에 알림이 온다. 누군가 어떤 일을 하고 있고 나와 관련된 일을 하고 있는지 여부를 확인할 수 있다. 구성원이 확인하고 있다는 피드백이 온다. 의심할 이유가 없다. 시스템으로 연동되어 있다. 각자가 서로를 믿으며 일을 한다. 의심할 이유도 없고 그럴 경우도 없다"고 말한다.

• 책임감은 투명한 정보 공개에서 나온다

투명한 정보공개는 구성원 스스로에게 책임을 부여한다. 서로를 믿으면서 일하되 결과에 대한 책임을 모두가 갖는 구조다. 체커는 구성원이 사용하는 포털에 직군별 업무부터 매출, 각자에게 부여된 법인카드 사용내역 등 민감한 정보를 제외한 회사의 모든 정보를 공개하고 있다. 투명한 정보 공개는 구성원을 스스로 움직이게 만든다. 예컨대 포털에 공개된 구독률과 매 달, 분기별 수익을 보면서 대표보다 더 고민하는 이들은 구성원들이다. 마케팅팀은 매출을 높이는 방법을, 개발팀은 품질 개선을, 각자가 주어진 자리에서 회사를 더 많이 알릴 수 있는 방법을 고민하고 스스로 방법을 찾아 나선다. 황인서 대표는 "구성원에게 따로 각자의 책임을 설명할 필요가 없다. 스스로가 답을 찾는다"고 말한다.

"구성원이 일하기 좋은 환경과 문화가 갖춰졌을 때 구성원과 회사가 성장할 수 있다고 믿는다." 신뢰와 책임으로 연결되는 시스템을 만들고 있는 이는 황인서 대표를 주축으로 한 구성원이다. 카카오 근무 시절 자유롭게 일하는 문화를 경험한 황 대표는 그가 보고 듣고 겪은 것 중 가장 좋은 것만 체커에 담았다. 신뢰를 기반으로 움직이는 원격근무, 수평적 소통구조, 투명한 정보 공개, 구성원 모두에게 주어지는 법인카드 등이 그것이다. 모두 신뢰 공동체 안에서 자유롭게 결정하되 스스로의 결정에 책임을 져야한다는 공통점을 지닌다.

• 사람보다 중요한 건 없다

"한국에서 탄생한 글로벌 소프트웨어 회사를 만들고 싶다. 나아가 체커에는 정말 뛰어난 사람과 좋은 문화가 있어서 즐겁고 재미있게 일하면서 자신도 성장할 수 있는 회사로 알려졌으면 좋겠다."

결국 이 모든 것에는 사람이 중심이 되어야 한다. 때문에 가장 공을 들이는 것 중 하나가 바로 채용이다. 서로 인정할 수 있을 정도의 역량이나 커리어는 기본이다. 그 다음 신뢰하고 믿을 수 있는 인재인지, 회사 문화에 적합한 인물인지를 네 가지 척도에 따라 평가한다. 경험과 역량, 문화, 자기주도성을 골고루 보지만 그 중에서도 가장 중요한 역량은 자기주도성이다. 스스로가 충분히 동기 부여를 할 수 있는 사람, 구성원 모두가 잘하고 있다는 믿음이 있어야 한다.

황 대표는 "누가 일을 시키거나 지시하지 않아도 알아서 찾아서 하는 동료라는 믿음이 전제돼야 한다. 채용 과정은 이를 검증하는 단계다. 자신의 행동이 팀에 긍정적인 영향을 줬는지, 누군가와 함께 하면서 어려움을 겪은 적이 있다면 언제인지를 묻는다. 체커와 함께 성장할 수 있는지 구성원과 어우러질 수 있는지를 주로 본다"고 언급했다.

실제 체커에 입사하면 누구도 일을 시키거나 강제하지 않는다. 스스로 찾아야 한다. 신입 구성원이 입사 후 일주일 간 가장 많이 하는 일 중 하나는 아지트에 기록된 업무 현황과 회사 정보를 익히는 일. 아지트에는 신입 구성원의 자기소개는 물론 회의 과정, 결론, 매출, 수익 등 공개할 수 있는 모든 정보가 담겨있다. 누군가 알려주지 않아도 스스로 자신이 속한 팀과 함께 일하는 동료가 어떤 일을 하고 있다는 것을 깨닫고 자기 일을 찾는 것이 신입 구성원에게 맡겨진 첫 번째 과제다.

그러다보니 내부에서는 채용에 많은 에너지를 쏟을 수밖에 없다. 좋은 인재를 구하는 일은 그만큼의 노력과 시간, 정성이 들어가는 법이다. 즐겁게 일할 수 있는 좋은 동료를 모으기 위해 황인서 대표가 택한 방법은 좋은 리더들을 모아놓는 것. 함께 일하고 배우고 싶은 리더를 체커로 영입했다. 카카오, P&G, 법무법인 등 다양한 경험을 갖춘 인재들이 구성원으로 합류했다. 성장에 대한 갈증도 리더와 지식을 나누고 싶은 구성원이 모여 함께 해결한다. 최근 체커 구성원은 SQLD 자격증 스터디를 시작했다. 황인서 대표는 "업무를 잘하기 위해 하는 것이니 당연히 업무시간에 진행된다"며 "구성원이 자발적으로 만든 스터디에 스스로 참여하고 성장하고 있다"고 소개했다.

• 원격근무는 하나의 문화, 신뢰와 시스템이 핵심

시스템 안에서 불편한 점은 없었을까. 황 대표는 "물론 불편한 점도 있다"고 답한다. 급하게 회의해야 하는 상황에서 구성원이 없을 때가 그렇다. 하지만 회사 운영에 지장을 줄 정도의 큰 불편은 아니다. 정 회의가 급하면 휴대폰 영상통화를 활용하면 된다. 이마저도 캘린더에 미리 일정을 조율할 수 있어 미리 상황을 예측하고 대비할 수 있다는 설명이다.

이 밖에 면대면으로 대화할 때 빨리 끝나는 일을 문서로 만든 후 공유하는 점도 불편함으로 꼽았다. 역시나 큰 불편은 아니다. 황 대표는 "뒤집어 생각하면 당사자끼리 애기하고 끝나는 사안을 문서로 정리해 구성원과 공유할 수 있는 장점으로 볼 수도 있다"고 말한다.

"원격근무의 방점은 원격이 아니다. 복지도 아니다. 일을 더 잘하기 위해 도입한 회사의 문화다. 구성원 간의 신뢰, 원격근무가 가능한 시스템이 갖춰졌을 때 추천한다." 체커는 원격근무를 비롯한 체커의 문화, 비전, 미션, 사람에 대한 철학, 일하는 방식 등을 핸드북을 통해 공개하고 있다. 구성원과 예비 체커인을 위한 일종의 안내서다. 2018년에만 구성원 10명이 합류한 만큼 구성원이 겪는 혼란을 줄여주고 좀 더 명확하게 판단할 수 있도록 만들었다. 앞으로도 새로운 시스템이 생기거나 체커 내 새로운 문화가 피어나면 핸드북에 고스란히 기록될 예정이다.

원격근무는 진화 중 '슬로워크'

슬로워크는 조직과 사회의 변화에 기여하는 방법을 연구, 실행, 적용하는 크리에이티브 솔루션 회사다. 조직의 가치와 철학을 반영한 브랜드를 만들고 디지털 시대에 필요한 솔루션을 제안하고 있다. 2017년에는 사회혁신 영역의 개발자와 디자이너에게 보다 나은 일자리를 제공하겠다는 목표로 UFO팩토리와 한 식구가 됐다. 2005년 설립한 슬로워크와 2013년부터 기술로 사회 변화를 이끌어온 UFO팩토리가 함께 만들어온 조직은 1,100여 곳, 이들의 손을 거친 브랜드는 700여 개에 달한다. 2018년 기준 구성원 63명이 슬로워크를 만들고 있다.

슬로워크의 원격근무 문화는 하루아침에 만들어진 것은 아니다. 합병 전 두 기업은 원격근무를 경험하며 원격근무에 대한 공감대를 형성하고 있었다. 한솥밥을 먹게 되면서 달라진 게 있다면 구성원이 늘어난 만큼 일하는 모습도 다양해졌다는 점이다. 소셜임팩트, 디지털사업, 디지털아카이브, 인터널브랜드, 캠페이닝브랜드, 빠띠, 스티비로 구성된 7개 사업부와 운영본부는 각자 성향에 따라 일하고 있다.

빠띠 사업부의 경우 구성원이 일하는 동안 행아웃에 접속해있는 경우도 있다. 떨어져 있지만 소리로 서로의 존재를 인지한다. 생활소음이 들어가는 경우도 있고 누군가 듣는다는 전제하에 본인의 상황을 말하는 경우도 있다. 전체 구성원이 원격근무를 하고 있는 디지털 사업부의 경우 매일 오전에 화상회의를 진행한다. 2018년에는 팀원 전체가 태국 코사무이에서 근무하기도 했다. 이 밖에도 누군가는 남산도서관에서, 또 다른 누군가는 제주에서 일한다. 서로의 경험은 블로그를 통해 공유된다.

조성도 이사는 "큰 틀에서 원격근무는 일을 더 잘하기 위해 조성된 문화"라고 말한다. 사무실에 나온다고 해서 꼭 일을 한다고 볼 수 없다. 집에서 업무를 한다고 일을 더 많이 하는 것도 아니니다. 어차피 주어진 시간을 온전히 업무에 쏟아 붓지는 않는다. 다시 말해 일하는 장소가 바뀐다고 해서 일하지 않는 건 아니니다. 때문에 조 이사는 "슬로워커에게 어디서 어떻게 일하는지 여부는 옳고 그름의 문제가 아니"라고 말한다. 구성원과 회사가 신뢰를 통해 연결되고 서로가 어느 자리에 있든 제 몫을 해내고 있다는 믿음이 있다면 유지되는 문화다.

• 돌고래와 나무늘보가 있는 성수동 아지트

성수동 헤이그라운드에 마련된 사무실은 슬로워커의 거점이다. 어디서 일해도 상관은 없지만 원격근무를 하는 구성원과 그렇지 않은 구성원 모두를 위한 장소로 마련됐다. 입구에 들어서면 오른편에는 출퇴근 구성원을 위한 책상 30여 개가 놓여있다. 자리에서 꾸준히 일하는 구성원을 위해 마련해둔 '나무늘보'의 공간이다. 이동하지 않고 주로 사무실에 출근하는 구성원이 사용한다(슬로워크는 내부에서 사무실 근무자는 나무늘보, 원격근무자는 돌고래라고 부른다).

나무늘보 반대편은 여럿이 앉을 수 있는 탁자가 놓여있다. 떼 지어 몰려다닌다는 뜻의 '돌고래 테이블'이다. 원격근무를 하고 있는 구성원을 위한 자리다. 자리는 나뉘어 있지만 나무늘보에 자리를 둔 구성원이 돌고래 테이블에서 일하는 경우도 있다. 돌고래 테이블에 있는 구성원도 보다 조용한 공간이 필요할 때 나무늘보 자리를 찾는다. 그도 아니면 슬로워크가 입주해있는 헤이그라운드 내 공간에서 업무를 본다. 집중해서 해야 할 때와 약간의 소음이 있는 곳에서 일하고 싶을 때, 본인 상태에 따라 결정한다.

흩어져 있다 보니 전 직원이 모이는 경우는 흔치 않다. 서로의 얼굴을 보는 건 두 달에 한 번 열리는 타운홀 미팅에서다. 그래서 마련한 곳이 원더월이다. 조성도 이사는 "원더월은 곁에 있지 않아도 함께 있다고 생각할 수 있도록 만든 공간"이라고 소개했다. 구성원 각자가 좋아하는 사진을 붙여놓을 수 있도록 꾸며놓은 원더월은 따로 떨어져 있어도 언제든 구성원을 떠올릴 수 있도록 꾸며졌다.

• 생산성 도구는 진화 중

슬로워크는 다양한 생산성 도구로 일하고 있다. 상황에 따라 G스위트,

빠띠, 슬랙, 지라, 컨플루언스로 업무를 진행하고 구성원과 업무 현황을 공유한다. 업무를 시작할 때는 슬랙 어텐던스 봇에서 업무 시작과 끝을 알린다. 업무 시간을 기록하는 이유는 과도한 업무를 방지하기 위해서다. 휴가는 따로 기록하지 않는다. 얼마를 쓰건 구성원 마음이다. 조성도 이사는 "슬로워크의 핵심가치인 자율과 책임에 따라 자율적으로 휴가를 사용하면 된다"고 설명한다. 커뮤니케이션은 비동기식으로 이뤄진다. 필요한 말은 한 번에 답할 수 있도록 상대방이 잠깐 사이 메시지를 확인해도 한 번에 답을 줄 수 있는 커뮤니케이션 방식을 권한다. 실제로 만나서 이야기할 때는 상관없지만 원격근무에서 발생하는 비효율을 줄이기 위해서다.

다양한 생산성 도구를 활용하고는 있지만 아직까지 모든 업무를 매끄럽게 진행하기에는 크고 작은 어려움이 따른다. 사업부서와 조직에 맞는 도구, 이를 사용하는 문화를 고민하는 것도 이런 이유에서다. 조 이사는 "원격근무라는 구조를 가져온 것도 아니고 그렇다고 다른 곳의 제도를 슬로워크에 이식하기엔 결에 맞지 않는 부분이 있다. 원격근무가 업무를 잘하기 위한 하나의 문화라면 구성원이 하나하나 만들면서 학습할 수밖에 없다"고 전한다. 슬로워크는 원격 근무 중 구성원이 스스로 경험하며 필요한 문화를 스스로 만들어가도록 여지를 두고 있다. 그래야 더 자연스럽게 자리 잡을 수 있을 것이라는 관점이다.

현재는 모든 도구를 쓸 수밖에 없는 상황이지만 차츰 도구를 줄여나가는 것도 고려하고 있다. 기능이 중첩되면 하나로 통합할 수도 있다. 예를 들어 빠띠의 경우 컨플루언스와 위키 기능 추가가 마무리되면 컨플루언스를 대체하는 방안도 염두에 두고 있다. 디지털사업부 구성원은 "생산성 도구가 좋아진 만큼 잘 써야한다. 이를 위해서는 내부 소통 규칙을 정하는 것이 더 중요하다”고 말한다. 의사결정 방식, 정보 공유 범위, 업무에 적합한 생산성 도구를 고르는 일까지 구성원이 함께 질문하고 답을 찾아야 한다는 의견이다.

• 지속가능한 성장은 태도에서 나온다

“회사 입장에서 성과라고 볼 수 있는 첫 번째 지표는 수익. 두 번째는 사업부가 회사의 미션을 추구하는지 여부다. 다른 사업부를 도우려는 태도, 하나의 공동체를 중요시했는지를 본다. 이는 수익 못지않게 중요한 요소다. 나, 우리 팀만 중요하다는 태도는 회사 입장에서 결코 환영받지 못한다.”

원격근무는 시작한다고 해서 끝이 아니다. 원격으로 근무하는 사람과 이들이 만들어내는 문화가 성장과 선순환을 이뤄야 지속가능하다. 이를 만들어 가는 것도 결국 사람, 슬로워크는 서류전형부터 실무면접, 경영진 면접에 이르는 채용 과정에서 회사의 미션을 공유할 수 있는 인재를 검증하고 있다. 실력도 실력이지만 슬로워크가 가장 비중을 두는 요소는 태도다. 조성도 이사는 “실력은 배울 수 있다. 못하는 건 배우고 학습하면 된다. 이 모든 것의 전제는 배우려는 의지와 받아들이려는 태도다. 툴 쓰는 방법을 모르는 것은 상관없다. 배우면 된다. 하지만 툴 쓰는 것 자체를 받아들이지 않는 사람은 맞지 않는다고 본다”고 전했다.

새로운 구성원이 오면 신입사원 교육인 이른바 ‘귤귤과정’을 한 달간 진행한다. 슬로워크의 업무방식과 문화를 체득한 오렌지가 되기 전 거치는 입문 과정이다. 이 시간에는 이메일과 슬랙, 빠띠, 지라 등 실제 업무에 활용되는 도구를 시연해보고 적응기를 거친다. 비대면으로 소통할 때 유의해야 할 점도 이 기간에 다룬다. 예컨대 ‘카카오톡처럼 대화하지 말자'는 것도 그중 하나다. 상대방 답을 기다리고 순차적으로 대화를 이어나가는 방식 대신 비동기식으로 소통하는 방식을 익힌다. 조성도 이사는 "이 같은 기본 과정을 두는 이유는 본인이 원격근무를 하지 않아도 원격근무를 하는 사람과 일을 하기 때문"이라고 설명했다.

기존 구성원은 팀 회고와 신호등 체크리스트를 진행한다. 따로 또 같이 일하는 구성원이 겪는 문제를 면밀히 살펴보기 위한 제도다. 팀 회고는 팀원이 정한 목표를 완수했는지에서 나아가 회사 미션을 실천했는지에 대해 이뤄지는 팀 차원의 점검이다. 이후에는 1년에 3번, 모든 사업부가 참여하는 신호등 체크리스트가 진행된다. 미션부합도, 팀 구성원 만족도, 수익목표 달성, 고객 피드백 등을 빨간색, 주황색, 초록 다섯 단계로 표시하고 이를 통해 업무와 관계에서 오는 스트레스, 수익목표 달성 현황 등을 점검하고 있다.

• 다양성이 꽃피는 문화를 위해

"원격근무는 조직의 다양성 측면에서 중요하다. 각자가 일이 잘 되는 시간과 환경이 있다. 하나의 정해진 환경에서 모두를 만족시키기는 어렵다. 각자의 개인과 사정도 존재한다. 구성원 개개인이 가진 결을 무시하고 같은 시간, 한 공간에서 일을 하라는 건 어떻게 보면 폭력적이지 않을까."

일하는 방식에서 다양성을 열어둔 만큼 슬로워크 내 구성원의 삶도 다채로움을 추구한다. 누군가는 육아를 하면서 자기 일을 한다. 건강상 이유로 출퇴근이 어려운 사람도 커리어를 유지한다. 다양한 삶의 방식을 존중하는 원격근무 문화가 개개인의 삶을 지속가능하게 만들고 누군가의 다름을 이해하는 통로가 되는 셈이다.

슬로워크는 그들이 만들어온 원격 근무 문화를 슬로워크 라이프 핸드북에 담을 예정이다. 라이프 핸드북은 신입 구성원에게 지급되던 온보딩 가이드를 발전시킨 형태다. 기존 온보딩 가이드에는 팀 소개와 오피스 프로그램 설치 방법, 호칭, 업무 툴 소개 등 회사 생활에 필요한 사항이 담겨있었다. 여기에서 한 단계 더 발전시킨 라이프 핸드북은 업무에 언제든 참고할 수 있도록 채워나간다. 슬로워크가 일하는 방식을 궁금해하는 사람들도 늘어나는 만큼 원격근무를 위한 툴킷 제작도 염두에 두고 있다.

가까운 미래 슬로워커가 일할 수 있는 거점도 추가로 마련할 계획이다. 전 세계 어디서도 일할 수 있는 공간을 지원하는 구상이다. 조성도 이사는 "그때가 오면 구성원 중 누군가 '이번 한 달은 후쿠오카에서 일하고 올게요'라고 말하는 게 자연스러워 질지도 모른다"고 말한다. 그 무렵 슬로워크는 어떤 목적을 이뤘을까. 조 이사는 이렇게 답했다. "슬로워크 구성원이 꾸는 꿈도 실현되어 있지 않을까. 빠띠가 염원하는 민주적인 세상을, 스티비가 꿈꾸는 마케터의 저녁 있는 삶을 이루는 것이다. 여러 꿈을 꾸게 하는 세상, 꿈이 현실로 이어져 또 다른 꿈을 만드는 길목에 슬로워크가 있다."

발리에서 일어난 일, 디지털노마드의 탄생 '라이크크레이지'

"어느 날 갑자기 회사 꼭대기에서 그런 생각이 들었다. 왜 사나? 돈은 왜 버나? 회의감이 몰려들었다." 비슷한 시기, 김상수 대표는 페이스북에서 한 게시물을 보게 된다. 발리에 우붓이라는 도시가 있고 그곳에 전 세계 디지털 노마드의 성지 후붓이라는 코워킹스페이스가 있다는 글이었다. 김 대표는 생각했다. "일을 하면서도 재미있게 지낼 수 있지 않을까, 여행을 하면서도 생산적인 일을 할 수 있지 않을까." 그는 마침내 결론을 내렸다. "떠나야겠다."

발리로 향한 이들은 또 있었다. 김상수 대표와 친분을 유지하던 송인걸 디자이너와 박경태 개발자다. 세 사람 다 개발자로, 디자이너로, 창업가로 한 곳에 매여 있지 않아도 독자 생존이 가능했다. 생활 터전을 두고 떠난다는 불안함이 상대적으로 적었다. 그렇게 떠난 발리 여행, 송인걸 디자이너가 발리 생활을 페이스북 페이지에 기록하기 시작했다. '회사를 관뒀다' 페이지다. 송인걸 디자이너는 페이지에 디지털 노마드로 살아가는 3인의 이야기를 담기 시작했다. 마음속 한 귀퉁이에 자유를 갈망하는 이들이 페이스북 페이지로 모여들었다.

여행 도중 선보인 여행 동행 매칭 애플리케이션도 덩달아 주목받았다. 여행자가 여행 일정과 스타일을 입력하면 같은 시기에 여행하는 여행자와 해당 도시에 거주하는 현지인을 매칭해주는 서비스 앳(At)이다. 설레

여행 서비스의 전신이기도 한 앳은 공개 이후 한 달 만에 100만 매칭을 돌파할 정도로 화제를 모았다. 3인의 공동 창업자는 발리여행과 서비스 운영을 병행하며 한 해를 보냈다. 발붙이고 서 있는 곳이 곧 삶의 터전이 되는 디지털 노마드가 시작됐다. 2015년의 일이다.

그 후로 4년, 발리에서 탄생한 앱 '설레여행'은 2018년 기준 1,500만 누적 매칭을 돌파하며 여행 서비스 플랫폼으로 자리 잡았다. 누적 이용자 수는 국내외 2,000만 명, 지원언어 16개, 지원도시는 9,000개다. 2018년에는 매칭 앱에서 나아가 현지인 친구 만나기 플랫폼으로도 확장했다. 서비스가 커지는 만큼 함께 하는 팀원도 늘었다. 개발, 디자인, 마케팅, 운영 분야 구성원 7명은 세계 각국에서 디지털 노마드로 일하고 있다.

• 따로 또 같이 일하는 방법

각지에 흩어진 이들은 어떤 방식으로 일하고 있을까. 공동창업자 세 명이 한 곳에서 합숙하며 일과 여행을 병행하던 모습과는 조금 달라졌다. 주 5일 40시간 근무라는 기준이 생겼다. 구성원과는 카카오톡, 슬랙, 구글독스와 시트를 통해 업무를 진행한다. 각자 월 1회 팀 전체 목표를 공유하고 개별 목표를 설정한다. 앞선 달의 성과는 온라인에서 공유하고 있다.

전체 구성원이 모이는 날은 거의 없다. 김상수 대표는 "사무실이 따로 없어 전체 회식과 워크샵은 1년에 한 번 있을까 말까한 정도"라고 말한다. 물론 비정기적으로 카페에 모여 일을 하거나 함께 모여 밥을 먹을 때도 있다. 개별적으로 한 달에 한두 번 정도 얼굴을 맞댄다. 일하는 모습도 제각각이다. 누군가는 일주일을 푹 쉬고 3주를 몰아서 일하기도 하고 또 다른 누군가는 주 4일 10시간 이상 일한다. 분명한 건 결코 여유롭지만은 않다는 것이다. 쉼도 여유도 자신이 맡은 일을 완수했을 때 주어진다.

성과관리나 보상 체계는 가다듬고 있다. 내부에서도 각자의 한 달 일정도 달라지면서 업무 성과나 보상 체계를 마련할 필요가 생겼다고 인지하고 있다. 라이크크레이지는 3년차부터 부분적으로 사업 소득을 책정하면서 성과를 공유하는 방향으로 조정해나가고 있다. 핵심 업무를 뺀 업무는 아웃소싱으로 해결하면서 고정비는 줄이고 구성원에게 투자하고 있다.

일을 할 때 '되도록 규칙을 만들지 않는 것'을 원칙으로 하지만 자연스레 생긴 라이크크레이지만의 문화도 있다. 시간을 이야기할 때는 한국 시간을 기준으로 할 것, CS담당, 전화를 받는 구성원은 요일제, 당번제로 정할 것, 한국 행정에 필요한 법인문서, 도장, 인증서, 신분증 등은 서울에 체류하는 직원 집에 보관하는 것이다. 개인 메신저 사용은 금지된다. 모든 사안은 모두에게 빠르게 공유하는 것을 원칙으로 하기 때문이다. 흩어져 있는 만큼 업무에 관한 사항은 습관적으로 문서화한다. 김상수 대표는 "메모에 대한 집착 수준"이라고 표현할 만큼 업무에 관한 것을 기록해놓고 있다고 전한다.

• 디지털 노마드의 명과 암

'우리 상수는 또 놀러갔구나' '상수는 매일 여행만 다니고 좋겠다' '일은 안하니? 결혼은?' 초기 반응만 보면 일을 빙자해 여행을 즐긴다는 시선이 대다수였다. 현재는 디지털 노마드 스타트업으로 알려져 불편한 시선은 줄었지만 여전히 불편한 점은 있다. 일과 생활의 경계가 모호한 것도 그 중 하나다. 김상수 대표는 "여행지에서도 떨어져있지만 일하는 시간만 놓고 보면 일반 회사 생활과 유사할 때가 많다. 오히려 해외에 체류하고 있어도 시차 때문에 개인적인 시간에도 일을 해야 하는 상황이 발생한다"고 말한다. 때에 따라 업무 강도로 인한 스트레스도 받을 수 있다. 얼굴을 마주보고 일할 때보다 본질적이고 객관적인 개개인의 성과가 부각되기 때문에 상대적으로 업무 강도가 높다고 느낄 수 있다는 것이다.

효율성에서는 분명한 강점을 보인다. 임대료를 비롯한 고정비가 없는 것만으로도 소규모 조직에는 큰 효율이다. 김 대표는 "현실적으로 스타트업에서 임금과 복리후생에 많은 자금을 투입하긴 어렵다. 반면 작은 조직의 분명한 장점 중 하나는 출퇴근 시간이 없이 자유롭게 일할 수 있다는 점이다. 업무 자율성을 보장하는 것은 물론 공간에 들어가는 고정 비용을 줄여 구성원에게 투자할 수 있다"고 설명했다. 구성원의 업무 효율뿐 아니라 운영에서도 효율성을 담보할 수 있다는 입장이다.

인재영입에도 유리하게 작용한다. 자유로운 업무 방식은 누군가에게 값으로 환산할 수 없는 큰 가치이기 때문이다. 실제 김상수 대표는 "여행을 소재로 하고 있다는 점과 구성원의 노마드 생활이 외부에 노출되다 보니 회사 규모에 비해 입사 지원서를 많이 받는 편"이라고 밝혔다. 입사를 희망하는 사람들이 늘면서 자연스레 우수 인재를 만날 기회도 많아졌다. 자율적이고 자발적인 분위기를 선호하는 구성원이 라이크크레이지에 문을 두드리고 있다.

"꼭 원격근무를 한다고 해서 불안함이 더 큰 것은 아니다. 새로운 서비스를 만들고 유지하고 성장하는 일은 어차피 어렵다. 숱한 시행착오를 견뎌야 한다. 어떻게 해도 힘들고 어렵다면 기왕이면 좋은 환경에서 일하는 팀원이 오래 견딜 수 있지 않을까." 김상수 대표가 함께 하길 원하는 구성원은 "조직이 없이 혼자서도 소득을 창출할 수 있는 재능을 가진 사람"이다. 결국 구성원 역량이 업무 효율의 핵심인 만큼 조직 없이도 활동 가능한 역량이 필요하다는 뜻이다. 나아가 "팀원 개개인의 재능과 노력에 대한 상호 신뢰가 있어야 가능하다. 매달 팀원 각자가 해야 하는 일이 있다. 눈에 보이지 않아도 제 몫을 해내고 있다는 믿음이 있어야 하고 스스로도 믿을 수 있는 존재가 돼야 한다"고 밝혔다.

• 디지털 노마드를 알고 싶다 '설레유치원'

"디지털 노마드의 삶에 무조건적인 환상을 갖는 것은 위험하다. 자유가 주어지는 만큼 그에 따른 책임과 엄격한 자기관리가 필요하다. 실력은 기본이다. 회사 소속이라면 원격근무로 더 높은 성과를 얻을 수 있다는 사실을 증명해보여야 한다. 회사에 소속되고 싶지 않다면 프리랜서나 창업가로 활동할 만큼의 실력을 가지고 있어야 한다. 그렇기 때문에 지금 당장 떠나는 것을 목표로 하면 안 된다. 자신의 분야에서 확실한 실력을 쌓아 독립하거나 생존에 필요한 다양한 직무 스킬들을 익혀야 한다. 분명한 건 조그만 용기를 내어 진정으로 '내가 하고 싶은 것'을 찾고 '더 잘하는 법'을 배워나간다면 지금껏 생각할 수 없었던 자유로운 삶이 우리를 기다리고 있다는 것이다." -설레유치원 소개 글 中

김상수 대표는 원격근무, 디지털 노마드에 대한 관심을 피부로 느끼고 있다. 라이크크레이지가 일하는 방식에 대한 문의가 이어진 것. 김상수 대표는 디지털 노마드에 대한 관심에 힘입어 설레유치원을 선보였다. 2018년 6월부터 선보인 설레유치원은 디지털 노마드를 꿈꾸는 이들을 위한 교육 프로그램으로 마련됐다. 디지털 노마드를 꿈꾸는 이들이 하루 30분씩 온라인에 모여 IT/ 온라인 비즈니스/ 마케팅/ 프로그래밍/ 디자인/ 음악/ 영상/ 글쓰기 관련 스터디에 참가한다. 홍보성으로 진행된 설레유치원에 매달 100여 명이 몰려 매월 정기 스터디로 발전됐다(설레유치원은 2018년 11월 온라인 스터디 중개 플랫폼 스터디파이에 인수됐다.)

디지털 노마드에 대한 관심에 대해 김 대표는 "여행이 주는 기쁨과 설렘, 자유로운 생활은 누구나 선호한다. 그러나 좀 더 현실적으로 고려해 보라"고 권한다. 실제 그는 쉽사리 원격근무를 권하지 않고 있다. 원격근무나 디지털 노마드는 일의 방식이자 라이프스타일이지 일 그 자체가 아니라는 것이다. 다시 말해 각 회사의 방향이나 개인 기호 문제일 뿐 보통 회사 운영보다 무조건 우수한 방식이라거나 직장 생활보다 무조건 나은 삶이라고 말할 수 없다는 것이 그의 입장이다.

• 디지털 노마드가 존중받는 세상을 위하여

"미팅 전 안건을 정리해서 이메일로 공유하고 회의 후 다시 문서로 정리해 온라인으로 공유하는 방식은 원격근무를 하는 곳이나 그렇지 않은 곳에서 모두 통용된다. 업무 환경이 PC와 온라인 기반으로 재편되면서 공간을 따로 떼어놓고 보면 업무를 하는 모습은 대동소이하다. 굳이 만나서 일하지 않아도 업무는 충분히 가능하다. 그럼에도 한 공간에 모여 일을 하는 방식이 유지되는 건 몸짓과 표정, 눈빛 등 비언어적 요소도 커뮤니케이션에서도 중요한 비중을 차지하기 때문이다."

물론 그로 인한 비효율도 발생한다. 모든 인원이 한 공간에 모여 각자의 컴퓨터를 바라본다고 일을 하는 것은 아니기 때문이다. 누군가는 인터넷 쇼핑을, 누군가는 깜빡이는 커서를 보면서 다른 생각을 한다. 또 다른 누군가는 개인 업무를 볼지도 모른다. 대다수가 하는 방식이 꼭 올바른 방식은 아니며 보편적인 방법이라 할지라도 누군가에는 다르게 적용될 수 있다는 뜻이다. 김상수 대표는 "그렇기 때문에 모두에게 똑같은 모습을 강요할 필요는 없다. 각각의 방식이 가진 장점이 있다"고 말한다.

원격 근무도 마찬가지다. 여러 일하는 방식 중 하나다. 그럼에도 '직장생활=출퇴근'이라는 인식이 대다수인 한국 사회에서 원격근무는 조금 불편하거나 특이한 근무방식으로 여겨질 수 있다. 원격근무가 자리 잡으려면 존중이 필요하다고 말한 것도 이런 이유에서다. 김상수 대표는 "다양한 삶의 방식이 있다. 회사 운영도 마찬가지다. 각기 다른 색깔을 가진 사람들이 있는 만큼 회사 운영도 천편일률적일 수 없다. 세상 모두가 원격근무를 하기 바란다기보다는 일하는 방식의 하나로 바라보는 인식이 생겨나길 바란다"고 전했다.

엑씽크 "신뢰·동기 부여가 리모트워크의 핵심"

엑씽크(xSync)는 스마트폰으로 관객이 행사에 참여할 수 있도록 인터랙티브한 기능들을 담은 어플리케이션을 개발하는 설립 4년차 스타트업이다. 행사 기간 중 전해야 할 정보나 응대 사항을 효율적으로 처리하고, 관객이 직접 참여하고 연출할 수 있는 앱을 개발해 서비스하고 있다. 페스티벌이나 공연뿐만 아니라 종교 행사나 정부·기업 행사, 전시회와 학회 등 다양한 행사에 두루 활용되고 있다.

엑씽크는 설립 초기부터 리모트워크를 실시해왔다. 원래 콘서트 PD였던 송보근 대표는 창업 전 일하던 회사에서 해외 투어가 많았고, 같은 한국에 있어도 지방 각지에서 행사를 하거나 동시에 다른 장소에서 공연을 진행하는 경우가 많다 보니 리모트워크를 할 수밖에 없었다고 설명했다.

엑씽크 또한 처음부터 리모트워크와 비슷한 형태로 일했고 서로 효율적으로 일하자는 주의가 자연스럽게 형성됐다. 예를 들어 동선을 짧게 줄이고 일하자는 식. 과거 리모트워크로 효율을 냈던 경험 덕에 엑씽크를 창업하면서도 리모트워크를 시행한 것이다.

· 하루 6시간 시간·장소는 마음대로… "일을 잘 할 수 있는 환경을 스스로 선택"

이 회사는 시간이나 장소는 상관없이 하루 6시간, 총 주 30시간 일한다. 물론 서울 근처에 머물 때는 월, 수, 금 오전 10시 30분에서 13시까지 다 같이 모여 회의하자는 룰을 정했다.

이렇게 일하다 보니 12시에 출근하는 팀원도 있고 10시에 집 근처 카페에서 일을 시작하겠다는 팀원도 있다. 물론 이런 리모트워크를 위해 합의한 약속이 있다. 매일 아침 10시 일과 시작 전 어제는 무슨 일을 했는지, 오늘은 어떤 일을 할지, 근무시간과 근무 장소는 어디인지 슬랙을 통해 공유한다. 송 대표는 "가능하면 모든 커뮤니케이션은 슬랙으로 한다"고 말한다. 가급적 급한 일이 아니라면 통화도 하지 않지만 공유한 시간만 보면 팀원이 뭘 하고 있는지 나와 있으니 문제가 없다는 얘기다. 거리가 떨어져 있을 때 회의가 필요할 경우엔 화상회의를 미리 잡아서 진행한다.

이렇게 리모트워크를 실시하니 10시 30분 이전에 일하거나 행사가 있는 주말에 일할 때도 있다. 이런 경우에는 평일에 그만큼 쉬거나 3시간만 일하는 등 유동적으로 시간을 활용한다. 탄력근무제가 가능하다는 얘기다. 일주일에 30시간을 기본으로 삼고 시간 활용은 자율에 맡긴다.

송 대표는 "리모트워크는 흔히 말하는 '일반적인 회사 체계'처럼 돌아갈 수는 없다. 지문이나 출근 카드를 찍거나 슬랙 로그인을 통해 시간을 확인한다고 해도 그건 실질적인 게 아니다. 결국 믿음이 전제되어 있지 않다면 굴러갈 수 없다"고 말했다. 정리하자면 "목표치를 협의 하에 설정하고 이를 바탕으로 '적어도 이 사람이 농땡이는 치지 않겠구나'라는 믿음을 서로에게 주는 것이 중요하다"는 얘기다.

스타트업에서는 성과를 설정하고 측정하기 어려울 수 있다. 분야별, 직무별로 업무가 나뉘어 있어 천편일률적으로 성과 기준을 세우기에는 어렵다는 얘기다. 엑씽크의 경우 개발만 해도 iOS, 안드로이드, 서버, 프론트 등으로 분류돼 있고 디자이너, 영업팀도 있어 맡은 업무가 제각각이다. 송 대표에 따르면 성과 관리는 팀원 스스로 설정하는 편이라고 한다. 서버가 준비돼야 어플을 배포할 수 있다든지, 영업팀과 마케팅팀이 회의를 통해 SNS 포스팅 방향을 잡는다든지 긴밀한 협업이 필요한 식이어서 얼마나 일했는지 자연스럽게 체크가 된다는 것이다. 성과가 덜 나온다고 여겨져도 우선 지켜보는 편이다. 물론 시간이 길어지면 면담으로 문제를 푼다. 역시 이 모든 건 '믿음'을 전제로 한 업무 방식이다.

• 리모트워크는 가장 큰 복지이자 채용 포인트

송 대표는 이 같은 리모트워크가 채용에도 상당한 매력으로 작용한다고 말한다. 최근엔 스타트업과 일반 기업을 가리지 않고 주로 지인을 통해 사람을 뽑는 채용 트렌드가 계속되고 있지만, 일반적인 채용 공고를 생각해보자. '우리는 수평적이고 자유로우며 근무환경이 좋다'고 아무리 어필해봤자 지원자 입장에선 직접 알 수 있는 방법이 없다.

지인 추천 또는 채용 공고를 통해 지원하는 사람들을 면접에서 만나면 하나같이 '리모트워크'가 지원 동기로 크게 작용했다고 말한다. 송 대표는 이런 지원자뿐 아니라 내부 직원에게도 리모트워크는 가장 큰 복지이자 매력 포인트로 작용한다고 강조한다. 내부 개발자 중에는 "리모트워크에 너무 길들여져 다른 기업에는 못 들어가겠다"는 사람도 있다고.

외부 개발자와의 리모트워크 협업도 자주 진행한다. 지난 2018년 5월에도 개발자 2명과 양양에서 일주일간 알차게 프로젝트를 진행했다. 송 대표는 내부 구성원이 영어를 좀 더 잘했다면 외국인 개발자나 기획자와 일을 해보고 싶은 생각도 굴뚝같다고 전했다. 물론 실제로 인도네시아나 인도 개발자 채용을 시도해보기도 했지만 법적인 문제가 있었다고 한다. 하지만 송 대표는 한국어를 할 줄 알고 인터넷이 잘되는 환경에서 리모트워크를 하겠다면 채용할 수 있을 것 같다고 덧붙였다. 리모트워크를 지금보다 더 확대해서 외주 개발자나 해외 인력 수급 등도 적극적으로 해보고 싶다는 얘기다. 실제로 지금 엑씽크의 한 iOS 개발자는 독일 베를린에서 5개월째(2018.08~) 원격 근무 중이며, 슬랙과 화상회의를 통해 활발히 소통하며 일하고 있다.

- **개발자에겐 리모트워크가 대세될 것**

리모트워크를 위한 툴은 많다. 송 대표는 개발자들은 자신에게 편한 툴을 깃허브(Github) 같은 곳에 많이 만들어서 올려놓는 경우가 많고, 그래서 개발자 위주의 리모크워크 툴들이 많다고 본다. 컨플루언스나 아사나 등 이미 대단한 수준의 툴들이 개발되어 있다는 것. 개발자에게 최적으로 맞춰져 있어 개발자를 위한 다른 툴이 더 필요할까? 라는 생각이 들 정도이다. 사실 개발자는 사무실에 출근하는 것 자체가 의미가 없을 만큼 이 같은 툴을 잘 만들어놔서 리모트워크도 활발하다.

이 같은 점 때문에 엑씽크는 "개발자에게는 장기적으로 리모트워크가 대세가 될 것"이라고 주장한다. 다만 아직까지는 소프트웨어의 한계도 있다. 아무리 화상채팅을 해도 면대면 커뮤니케이션과 차이가 확연히 드러난다. 바로 옆자리에서 이미지를 찾아서 보여주는 것이 불가능하고 인터넷 연결 등의 문제가 일어날 수 있기 때문이다. 송 대표는 이 같은 문제 역시 최근에는 터치를 지원하는 노트북이 출시되어 직접 그림을 그려 보여줄 수 있는 등 앞으로 리모트워크를 할 때의 커뮤니케이션도 많이 개선될 것으로 보고 있다. 물론 툴을 지원하거나 교육만 한다고 해서 전부 쓰는 건 아니다. 송 대표는 최적의 리모트워크 방법을 찾기 위해 약 20개 이상의 툴을 사용해보았지만, 결국 현재 팀 내에서 활발히 사용하는 건 5가지 정도라고 밝혔다.

송 대표는 리모트워크는 한마디로 효율성이라고 말한다. 조금 의아하게 느낄 수도 있다. 효율보다는 자유가 먼저 느껴지는 말 아닌가? 하지만 송 대표는 "리모트워크 관련 글을 보면 집에서 일했을 때 사무실보다 60% 효율만 난다는 연구 결과도 있다"면서도 "이는 믿음이 무너졌을 때, 집에서 집중이 분산되는 일이 많다는 2가지 문제로 60%밖에 효율이 안 나는 것"이라고 말한다. 신뢰가 있고 동기 부여가 되는 상태라면 리모트워크가 훨씬 효율적이라고 판단했다. 물론, 지금 엑씽크가 그렇다.

플링크가 100% 리모트워크를 하는 이유

플링크는 서버리스(Serverless) 다기능성 커뮤니케이션용 소프트웨어를 개발하는 기술 스타트업이다. 플링크는 컨설팅과 교육은 물론 상담, 금융 상품 판매까지 온라인에서 가능하도록 만드는 서비스, 페이지콜 API를 제공하고 있다. 전문 지식을 온라인에서도 원활하게 전달할 수 있게 하고, 나아가 전문 지식을 활용한 온라인 비즈니스를 가능하게 하자는 취지에서 만들어졌다.

전문 지식을 주고받는 비즈니스는 여전히 오프라인에서 진행되고 있지만 직접 만나야 하기 때문에 이동에 따른 금전적, 시간적 비용이 발생하고 비즈니스 확장에 한계가 있다. 온라인으로 비즈니스를 하더라도 기술력이 없기 때문에 블로그를 운영하거나 네이버 지식인에 댓글을 남기는 등 단편적인 방법만을 활용하고 있다. 그리고 가장 중요한 자문, 상담, 교육 등 전문 지식을 전달할 수 있는 서비스가 없어 온라인에서 비즈니스를 제대로 하기 어려운 문제가 있었다.

플링크는 전문 지식 보유자에게 온라인에서 전문 지식을 원활한게 전달하고 교류할 수 있는 문서 중심의 실시간 커뮤니케이션 서비스, 페이지콜 API를 제공하고 기술력이 없어도 누구나 사용할 수 있도록 페이지콜이 연동된 웹사이트를 제작해 함께 제공해주기도 한다. 고객과의 미팅을 관리하고 데이터를 확인할 수 있는 페이지도 함께 제공하고 있다.

어쩌면 분야 자체가 리모트워크와는 처음부터 궁합이 잘 맞는 곳일지도 모른다.

• 리모트워크 도입한 건 회사 철학 때문

아니나 다를까 이 회사는 지난 2018년 5월부터 리모트워크를 도입했다. 이전에도 8~11사이에 자유롭게 출근할 수 있는 자율근무제를 채택하고 있었지만 5월부터는 사무실로 출근하든 출근하지 않든 하루 전에 언제, 어디서, 어떤 일을 할 것인지 공유하면 자유롭게 일할 수 있는 제도로 바꿨다. 자연스레 모든 팀원이 사무실, 집, 공유 오피스, 카페 등 다양한 공간에서 일하게 됐다.

플링크의 최길효 마케터는 100% 자율에 기반으로 한 리모트워크 제도를 적용한 것은 회사의 방향성 때문이라고 말한다. "기술을 통해 커뮤니케이션을 진보시킬 수 있다면, 자유로운 시간에 자유로운 장소에서 사무실에서 하는 일도 할 수 있을 것이라 생각했다."며 "플링크가 지향하는 가치는 정해진 시간만큼 일을 하는 것이 아니라, 일 자체를 궁리하며 잘 하는 것"이라며 일을 다 했음에도 퇴근하지 못한다면, 개인의 성장 측면에서는 낭비일 수 있다고 말한다.

모든 회사가 일이 많고 바쁘겠지만 끊어내지 못한다면 개인이 성장하기는 어렵다. 회사의 방향성에 기반해 자율적으로 일을 정의하고 끝마쳤다면, 더 집중해서 일하기 위해 휴식을 취하거나 개인 발전에 시간을 투자하는 것이 회사와 개인 모두에게 긍정적이라는 것이다. 그리고 그것이 플링크가 자율 중심의 리모트워크를 도입한 이유였다는 설명이다.

현실적인 계기도 있었다. 제도에 대해서 내부적으로 가능성은 검토하고 있었지만 실제 리모트워크를 도입할 수 있었던 것은 조직에 프로젝트 매니저(PM)가 채용된 후였다. 체계적인 프로젝트 관리가 가능해지면서, 팀원 각자가 어디에서 어떤 일을 하고 있고, 얼마만큼 진행되었는지 관리할 수 있었기 때문에 리모트워크를 시작할 수 있었다.

기술력에 기반한 서비스가 회사의 핵심 제품이다 보니 기획, 디자인, 개발 과정과 일정을 조율할 사람이 필요해 PM을 채용했다. 이전에는 개발 팀장이 최종 서비스 완성 일정까지 관리했었지만, 각자 자신의 전문 영역에 집중하며 성장하기 위해 새로운 직무의 팀원이 합류했고, 이러한 조율 아래에서 리모트워크가 가능해졌다.

- 주1회 오프라인 미팅 빼곤 100% 리모트워크

플링크는 내부적으로는 리모트워크를 시스템화해서 운영 중이다. 언제, 어디서, 어떤 일을 하겠다는 내용을 스탠드업리(Standuply; Slack의 확장 프로그램)에 공유한다. 서로 할 일과 일정을 확인하고, 필요한 회의나 업무 진행상황을 확인할 수 있다. 그 외 업무 및 다양한 대화는 슬랙에서 나누고 필수인 채널을 제외하면 원하는 채널을 선택해 효율적으로 커뮤니케이션할 수 있다. 운동 등 일상 주제로 대화할 수 있는 푸디(Foodie) 와 같은 채널도 운영하고 있다.

모두가 한 공간에서 일을 하는 것이 아닌 만큼 기록을 유지하는 것도 중요하다. 실시간으로 대화를 나누지 않아도 어떤 일을 어떻게 진행하고 어떤 결과가 있었는지 파악해야 하기 때문이다. 그래서 컨플루언스(Confluence)를 통해 회의 내용이나 완결된 프로젝트, 업무에 대해 각자의 공간에 기록한다.

플링크는 주 1회 정도는 오프라인 미팅을 진행한다. 떨어져서 일하다 보면 신뢰나 유대감이 떨어질 수 있어 출장이나 휴가 일정이 있는 것이 아니라면 되도록 오프라인 미팅 참여를 원칙으로 삼는다. 1회는 적다 싶어 2회로 늘릴지 고민 중이라고 한다.

최길효 마케터는 리모트워크가 훌륭한 인재가 필요한 스타트업에게는 큰 장점이라고 말했다. 워라밸(Work and life balance)에 대한 가치관이나 역량, 헌신과 별개로 사람에게는 누구나 일보다 소중한 순간이 생길 때가 있다. 예를 들면 자녀가 갓난아기에서 어린이집에 가는 순간까지를 함께 보고 기억하는 것은 다시 돌아올 수 없는 경험이다. 그때 리모트워크를 할 수 있다면, 내 아이에게 후회스럽지 않을 순간을 살 수 있다. 실제 이러한 이유로 팀에 합류한 시니어 개발자가 있다. 만약 플링크가 리모트워크를 하지 않았다면 훌륭한 시니어 개발자를 합류시킬 수 있는 기회도 적었을 것이고 과정도 더 어려웠을 것이다.

최길효 마케터는 리모트워크가 주는 기회는 국내에 한정되는 것이 아니라 해외 채용이 필요할 때도 장점이 있다고도 말했다. 플링크를 포함해 많은 기업, 스타트업이 글로벌 진출을 노리고 있기 때문에 현지 사정을 잘 아는 사람이나 현지인을 고용하고자 한다. 만약 리모트워크를 잘 도입하고 활용하고 있다면, 해외의 팀원을 국내로 합류시킬 필요 없이 바로 업무를 시작할 수도 있을 것이다. 해외 지사를 세워도 마찬가지로 본사와의 커뮤니케이션 과정에서 불필요한 출장을 줄이고 원격으로 커뮤니케이션하면서 효율적으로 일할 수 있을 것이다.

• 일을 잘하는 데 중요한 건 시간·장소가 아니다

다시 플링크가 갖고 있는 리모트워크에 대한 관점을 물었다. “일을 잘하는 것은 시간과 비례하지 않는다”는 답이 돌아온다. 시간을 보내는 것이 일을 잘하는 것이 아니다. 일을 잘하기 위해서는 개인이 시간을 잘 쓰고, 업무에 집중해야 한다. 리모트워크를 시도해볼 필요가 있다고 얘기하는 것은 혁신이나 변화의 관점이 아니라 다시 기본으로 돌아가자는 취지에서다. 업무에 집중하고 잘하는 것이 중요하고, 그렇다면 ‘시간과 장소를 고정적으로 사용하는 것이 불필요할 수도 있다’라는 더 좋은 결과를 만들어내고자 함이 이유다. 플링크가 리모트워크를 도입한 것은 일을 더 궁리하며 하기 위함이기도 하다.

그래서 플링크는 앞서 얘기한 것처럼 사무실도 갖고 있다. 사무실의 분위기와 편리함이 내가 집중할 수 있는 환경이라면, 사무실에 나와서 일해도 된다. 여기서 중요한 것은 사무실을 없앴다, 혁신을 시도했다가 아니라 선택지를 넓혔다는 것이다.

최길효 마케터가 입사하던 때만 해도 자율근무제만 시행하고 있었지만 이 또한 좋은 문화였다고 말한다. 8~11시 사이에 자유롭게 출근하고 유동적으로 시간을 쓸 수 있다는 점이 매력적이었고, 좋은 역량을 갖춘 사람들이 채용 지원을 하는 것을 봐도 유동성이 늘면 상당한 매력을 느낀다고 설명한다.

리모트워크를 한마디로 표현하자면, 자율이라고 말한다. 자율에는 책임이 따르고, 그렇기 때문에 자유와 책임을 잘 조절해서 일하는 것이 회사와 개인이 함께 성장할 수 있는 방법이라고 말한다. 인생을 자율적으로 살고 이에 합당한 책임과 보상이 있는게 중요하다는 것.

리모트워크라고 하면 잘 모르는 사람은 이렇게 하면서 일은 대충 하는 것 아니냐는 의문을 표하기도 한다. 하지만 인런 인식을 깨고 리모트워크를 도입해 자율적으로 일하며 성과를 내고 이와 같은 문화를 키워가는 기업이 늘어가는 것이 중요할 수 있다.

스마트스터디 "출퇴근·휴가도 모두 자율에 맡긴다"

핑크퐁 캐릭터로 잘 알려진 국내 스타트업 스마트스터디 역시 개발팀에 한정되어 있지만 출퇴근이나 휴가 모두 자율에 맡긴다. 휴가 역시 무제한이다. 각종 신청은 모두 구글독스에 올리면 끝이다. 그나마 이것도 귀찮아 슬랙 봇을 만들어 휴가를 슬랙 채팅창에 쓰면 휴가 실태를 체크하는 자동화 도구를 만들기도 했다.

물론 스마트스터디에 룰이 없는 건 아니다. 신입 입사자가 매번 겪는 궁금증이 비슷하기 때문이다. 규칙이 없다 보니 늦게 들어온 직원은 늘 "휴가는 며칠까지 쓸 수 있냐"거나 "정말 원격으로 일해도 되냐"는 똑같은 질문이 반복된다는 것이다. 비슷한 질문이 너무 많다 보니 결국에는 룰을 만든 것이다.

스마트스터디 개발팀의 룰은 크게 다섯 가지다. 먼저 일정. 리모트워크를 하고 싶다면 일단 캘린더에 자신의 일정을 공유한다. 모든 팀원이 다 같이 볼 수 있다. 이렇게 공유하는 이유는 자신이 어디에 있든 호출할 수 있도록 하기 위함이다. 리모트워크로 일한다는 건 업무를 하겠다는 해당 시간에 자신이 언제든 소환당할 수 있다는 걸 전제로 하기 때문이다. 이런 이유로 자신의 일정은 항상 모두 공유한다. 일정을 미리 공개해서 잡으면 상대방 입장에선 거절 걱정 없이 비어있는 날로 일정 잡기도 수월해진다.

스마트스터디 역시 교통이나 날씨 같은 핑계 필요 없이 아침에 컨디션이 나쁘면 그냥 오늘 재택을 하겠다고 메신저에 던져도 무방하다. 대신 업무를 시작하면 이제 시작한다는 얘기는 메신저에 남긴다. 리모트워크를 하면 직원은 항상 리모트워크를 한다고 말하지만 옆에서 일하는 게 아닌 만큼 이 정도의 선언은 함께 공유하자는 취지다. 출근자도 물론 예외는 아니다. 출근이 특권이 아니라는 걸 강조하듯 리모트워크를 하는 환경에서도 똑같이 채팅창에 자신이 자리를 비울 때나 돌아왔다는 등 얘기를 똑같이 한다. 출근이든 리모트워크든 함께 일한다는 걸 알려주는 룰이다.

또 채팅창에서 토론을 하다 보면 다양한 의견이 나올 수 있는데 채팅 주제에 따라 너무 길면 따로 스레드를 판다. 부분 주제를 옮겨서 이에 대한 내용을 따로 정리하고 채팅을 통해 회의를 하면 기록으로 남기는 것이다. 기록이 저절로 되는 셈이다. 이렇게 대화를 긁어서 정리해서 로그밋업(log meetup)이라는 공간에 회의록으로 정리한다.

물론 진짜 회의는 오프라인에서 모이기도 한다. 오프라인에서 회의를 하면 가장 중요한 건 회의록을 올려야 하는 것이다. 스마트스터디는 회의를 할 때에는 누군가는 회의록을 작성한다. 다른 이들은 보강을 하기도 한다. 오프라인 회의는 사실 생각보다 상당한 비용을 낭비하게 만들 수도 있다. 이런 이유로 스마트스터디에서 회의란 항상 중요한 결정을 내려야 할 때에만 진행한다. 덕분에 항상 회의에서 나온 모든 대화는 신경을 더 쓰게 되는 효과도 있다.

• 비동기 처리·신뢰·기록… 리모트워크의 조건

스마트스터디 개발팀은 일을 진행할 때에는 이슈 트래커를 이용한다. 또 지라(JIRA)를 이용해 개발자는 협업을 하면서 코드 리뷰를 한다. 코드 리뷰는 자신의 코드를 다른 사람이 볼 수 있는데 기여도 자체가 다르다. 혼자 작성한 것과 여러 명이 작성하면 일단 평가부터 애매해질 수 있다. 혼자 짰으면 혼자 평가를 잘 받으면 그만이겠지만 다 함께 짜면 누굴 좋게 줘야 할지 고민하게 된다. 스마트스터디는 애초에 이런 평가라는 걸 없앨 수 있도록 모두 다 같이 협업하는 걸 택했다.

또 일은 비동기로 처리한다. 예를 들자면 똑같은 업무량이 있는데 만일 카페에서 주문하고 나올 때까지 가만히 있는 사람이 있고 주문한 뒤 벨을 잡고 자기 자리에서 일을 계속 하는 사람이 있을 수 있다. 여기에서 비동기로 일하는 건 후자다. 전자를 택하면 45초에 모든 일이 끝나지만 후자로 시작하면 20초 안에 모든 작업이 끝난다. 뭔가 공백이 없는 셈이다. 촘촘하게 일하는 것이라고 할까.

실제로 회의를 하면 누군가는 회의 참석을 위해 자신이 해야 할 일을 멈춘다. 동기로 일하는 것이다. 그런데 비동기로 하면 되면 그냥 일감이 어떤 시스템이 있고 자신이 필요한 일을 끌어다가 다 끝나면 다음 일이 뭐가 있는지 보고 확인해서 가져온다.

다음은 신뢰다. 신뢰는 자신이 상대방의 과거 행적이나 기록을 보고 미래를 예측할 수 있어야 생길 수 있다. 예측을 해보는 가장 쉬운 방법은 약속을 하는 것이다. 약속은 정말 쉬운 방법이다. 둘이 합의를 보면 최소한 그만큼의 신뢰는 쌓인다. 물론 경직된 조직이라면 약속을 했다가 이를 지키지 않으면 불신한다. 혼을 내고 꾸중할 수도 있지만 스마트스터디는 모두 룰을 지킬 수 있게 더 약한 룰을 만든다. 혹은 왜 약속을 지키지 않았는지 묻는다. 이런 과정을 통해 더 좋은 룰을 만드는 것이다. 개선을 하고 다시 약속을 한다. 이를 반복한다. 일종의 프로세스 개선 작업이라고 할 수 있다. 프로세스 자체가 일을 어떻게 처리할지 약속하는 것 아닌가.

또 다른 확실한 방법은 바로 기록을 쌓는 것이다. 어찌 보면 가장 어려운 방법이기도 하다. 리모트워크를 하면 기록이 어쩔 수 없이 생긴다. 채팅으로 모든 회의를 하면 기록은 저절로 쌓인다. 가장 어렵지만 가장 확실한 또 어떻게 보면 덤으로 따라오는 게 바로 기록이다. 회의록과 채팅 로그, 업무 중 표현되는 상태 로그, 프로그램 코드, 이슈 트래커에서 나와 쌓이는 로그, 액티비티 등 이런 모든 게 기록으로 남는다. 물론 마음만 먹으면 누구든지 다 볼 수 있다.

물론 스마트스터디에서도 과거에는 이런 출퇴근 기록 등은 인사 관련 담당자만 볼 수 있었다. 하지만 지금은 누구나 볼 수 있다. 모든 정보는 공개되어 있다. 정보 불균형이 생기면 신뢰가 깨질 수 있기 때문이다.

또 항상 최적의 효율을 찾으려 애쓴다. 최적의 효율은 대부분 사람에서 비롯된다. 사람이 잘하는 일은 사람이, 기계가 잘하는 일은 기계에게 맡기면 된다. 그런데 회사에서 채용했으니 기계가 잘하는 일도 사람이 해결하려 들면 비효율이 생긴다. 반복 노동 작업은 가급적 없애는 게 효율의 길이다. 회사 차원에서 단순 반복 업무를 자동화하는 이유도 여기에 있다.

비슷한 이유로 때론 솔루션을 사는 게 더 저렴할 때도 있다. 굳이 모조리 만들겠다고 덤빌 필요가 없다. 개발자라면 보통 본인이 직접 해결하려는 욕구가 강한 법이지만 효율을 위해서라면 사는 걸 택한다.

• 작은 스타트업엔 동료를 성장시키는 분위기 중요

당연하지만 사람마다 최적의 효율을 내는 시간은 제각각이다. 리모트워크를 할 때에는 이런 효율을 인정해야 한다. 또 주니어와 시니어는 애당초 효율도 다르고 회사가 쓰는 비용도 다르다. 당연하지만 똑같은 일이 주어지면 낭비다. 회사 차원에서 고급 인력을 데려다 단순 작업을 시킬 필요가 있을까. 누군가 새로운 인력이 들어왔을 때에도 비용이 많이 들기 마련인데 이럴 때 대부분 회사는 시니어가 교육을 시킨다. 이것 역시 고비용 노동자를 낭비하는 일이 될 수 있다. 스마트스터디는 오토매틱과 마찬가지로 신입 직원이 겪을 만한 사항은 모두 문서로 정리했다.

물론 스마트스터디 같은 스타트업 입장에선 워드프레스나 넷플릭스처럼 '만랩 개발자'를 뽑는 회사와 달리 주니어와 시니어가 섞여 있는 만큼 동료를 성장시켜야 한다는 점이 다를 수 있다. 스마트스터디는 이런 점을 보완하기 위해 주기적으로 인터뷰를 진행하고 상호 피드백을 주고받는다. 스마트스터디가 사내에서 이런 일이 가능해지는 건 경쟁하지 않는 조직 문화도 한 몫 한다. 똑같이 코드에 기여하고 똑같이 리뷰를 하도록 유도하는 건 이 같은 협업 분위기를 만드는 요인이라고 할 수 있다.

마이리얼트립 "인재를 부르는 리모트워크"

마이리얼트립은 자유여행 플랫폼 스타트업이다. 자유여행이라고 하면 크게 세 가지로 나눌 수 있다. 먼저 항공권을 예약하고 그 다음에는 그곳에서 지낼 숙박을 잡고 마지막으로 가서 뭘 할지 결정하는 것이다. 마이리얼트립이 시장에서 발견한 기회는 항공이나 숙박은 좋은 서비스가 많지만 현지에서 가서 "이젠 뭘 하지?"에 대한 답을 주는 곳이 없더라는 것이다. 이런 이유로 마이리얼트립은 모바일을 통해 여행자가 현지에서 즐길 수 있는 경험을 간편하게 예약할 수 있는 서비스를 제공한다. 가이드 투어나 액티비티, 입장권, 스포츠 경기나 교통수단, 뮤지컬이나 레스토랑 예약 등 말 그대로 여행자가 현지에서 할 수 있는 모든 경험을 간편하게 예약하라는 것이다.

이 회사 이동건 대표는 리모트워크를 선택했다. 물론 처음에는 고민이 많았다. 리모트워크를 하겠다니 주위 스타트업 대표들이 하나같이 다 말렸다고. 리모트워크를 한다면 직원을 못 믿을 것 같으면 아예 안 하는 게 답이라는 얘기가 가장 많았다. 일단 시작했다가 그만 두면 그만큼 큰 역풍이 없다는 것이다.

그럼에도 이 대표가 리모트워크를 고민한 건 막 시작한 스타트업 입장에서 대기업과 같은 곳처럼 좋은 조건을 주기는 어렵다는 현실적 이유가 작용했다. 연봉을 최고로 줄 수 없다면 뭔가 다른 제도가 있어야 최고의 인재를 모을 수 있다는 고민에서 시작한 것이다. 그러다 나온 게 리모트워크다. 이왕 리모트워크를 할 것이라면 흉내 내는 정도가 아니라 완전 전면적인 채택은 해야 카카오에 갈 사람이 마이리얼트립에 오지 않을까 생각했다. 또 이렇게 확보한 우수 인재가 그냥 왔다가 금방 나가지 않고 오랫동안 다닐 수 있다면 좋은 일 아닌가. 결국 리모트워크의 최종 목적지는 좋은 인재를 유치하고 이보다 더 중요한 유지하는 데에 있었다.

이 대표는 운영 기준 목표를 회사보다 더 집중할 수 있는 환경에서 더 집중해 생산적으로 일하는 것으로 삼았다. 리모트워크 시간은 오전 9시 30분부터 18시 30분까지. 리모트워크 신청은 구글 캘린더를 이용했다. 다만 리모트워크 예상 3일 전에 신청하는 걸 원칙으로 한다.

물론 리모트워크 근무 횟수에는 제한이 없다. 다만 디자인이나 개발, 마케팅 등 팀마다 전원이 리모트워크를 같은 날 하는 건 지양한다. 최소한 팀당 한 명은 있어야 최소한의 커뮤니케이션이 가능하다고 생각하기 때문이다. 팀당 최소 한 명은 내근을 원칙으로 하고 리모트워크 근무자는 팀 내에 먼저 공유를 하고 구글 캘린더에 업데이트하면 간단하게 리모트워크 신청을 끝낼 수 있다.

마이리얼트립은 여기에 더해 유연 근무제를 실시한다. 장거리 출퇴근 근무자에겐 근무 여건 개선 취지가 있다. 오전 7시에서 10시 사이 자율 출근을 하고 근무시간을 채운 뒤에는 16시부터 19시 사이 자율 퇴근하는 제도를 운영한다. 이게 마이리얼트립이 정한 룰이다. 이것 외에는 아무것도 없다.

- **커뮤니케이션은 슬랙, 기록은 컨플루언스로**

마이리얼트립이 리모트워크를 할 때 중요한 포인트로 삼는 건 적합한 협업툴을 최대한 잘 활용하는 것이다. 다른 기업과 마찬가지로 슬랙은 물론이다. 이 대표는 회사에 면접을 보러 온 사람들은 하나같이 여행 회사이고 젊은 기업이니 시끌벅적할 줄 알았는데 한 마디도 안 하는 모습에 좀 의심스러웠다는 말을 하더란다. "너무 경직된 조직 아닌가" 싶은 의구심이 들었던 것. 하지만 슬랙 위주로 커뮤니케이션을 하는 데 익숙해 슬랙 내에선 "ㅋㅋㅋ"가 난무해도 막상 사무실은 진짜 조용한 경우가 많다고. 이렇듯 마이리얼트립은 팀 일상 커뮤니케이션은 대부분 슬랙으로 처리한다.

다음은 젤(JELL)이라는 툴. 마이리얼트립은 사내에서 개발이나 디자인을 묶어 프로덕트 조직이라고 부른다. 이들은 젤이라는 툴을 이용해 어제 한 일과 오늘 할 일 그리고 업무에 방해 요소를 공유한다. 이 툴은 재택이나 원격 근무자를 위한 것이다. 프로덕트 조직은 오전 10시 30분마다 스크럼을 짜는데 이때 보조툴로 젤을 이용한다. 슬랙과도 연동해서 쉽게 볼 수 있다.

여기에 최대한 기록을 하자는 공감대 하에서 컨플루언스(Confluence)라는 위키를 사용한다. 마이리얼트립 역시 팀 미팅이나 회의, 외부 미팅 혹은 개인 의견이든 사내에서 작성되는 모든 문서는 위키를 통해 공유한다. 물론 누구나 쉽게 볼 수 있다.

제플린(ZEPLIN)의 경우에는 디자인 쪽에서 이용한다. 디자인은 문서로 정리하기 어렵지만 중간 작업 과정을 모두 공유해 의견이 있다면 제플린을 통해 의견을 달거나 디자이너가 의견을 개진할 수 있다. 또 지라(JIRA) 역시 이슈 트래커로 제품 개발 관련한 모든 이슈는 이를 통해 추적하고 관리한다. 마이리얼트립은 그 밖에 트렐로나 구글독스 같은 툴을 보조 수단으로 곁들인다. 컨퍼런스 콜 같은 건 슬랙에 내장된 슬랙콜 기능을 이용해서 진행한다.

• 직원 만족도↑ 확실한 룰 필요해

이 대표는 리모트워크를 진행하고 1년 반 가량 지난 시점에 사내 설문조사를 진행한 적이 있다. 리모트워크에 참여 중인 직원 35명을 대상으로 진행한 것이다. 설문은 이 중 24명가량이 응답을 했는데 리모트워크 경험자가 87.5%였고 평균 리모트워크 근무 횟수는 주 1회가 가장 많았다. 다음으로 주 2회가 10%, 2~3회 10% 순을 나타냈다. 과거 제주도에서 근무를 했던 직원은 격주로 근무한 바 있다. 물론 만족도는? 무조건 좋다는 답이 나왔다며 "이럴 줄 알았다"고 웃는다.

좋다는 이유는 출퇴근 시간 낭비를 줄일 수 있다는 얘기가 압도적으로 많았다. 판교에 사무실이 있을 때만 해도 1시간 50분가량 출퇴근을 하면서 이 대표 개인적으로도 너무 불행하다는 생각을 한 적이 있단다. 물론 개선해야 할 점으로는 컨퍼런스 콜 같은 미팅에 익숙하지 않아 어색하거나 논의가 오프라인보다는 잘 안 된다고 느끼는 반응도 있었다고 한다. 또 혼자 있다 보니 나태해진다거나 구두로 진행할 일이 있을 경우에는 곧바로 결정하기 쉬울 일도 조금 돌아간다고 느끼는 경우도 간혹 있다. 초기 회의를 할 때에는 재택근무자는 회의 참석을 안 하는 일도 조금 있었지만 슬랙 등을 통해 참여할 수 있도록 하면서 많이 사라졌다고 한다.

이 대표는 정말 리모트워크가 필요할 때에는 서로 약속이 될 수 있도록 명확하게 해야 하고 확실한 룰이 있는 게 중요하다는 생각을 하게 됐다고 말한다. 이 대표는 리모트워크에 대한 일장일단이 있겠지만 대표 입장에선 좋은 인재를 유치하기 훌륭한 제도라면서 꾸준히 개선해나갈 계획이라고 덧붙였다.

텐핑, 비즈니스가 불러온 리모트워크

텐핑은 1인 마케터를 위한 애드테크 플랫폼을 표방한다. 이 회사 고준성 대표는 포털 다음에서 근무하면서 오랫동안 블로거뉴스라는 1인 미디어를 위한 서비스를 만들어왔다. 워드프레스 같은 블로그가 등장하면서 콘텐츠 생산자의 문턱이 낮아지고 누구나 콘텐츠 생산자가 될 수 있는 시대가 열렸기 때문이었다. 또 SNS 시대를 맞이하면서 누구나 콘텐츠를 유통할 수 있는 시대로 이어진다. 콘텐츠를 유통할 수 있다는 얘기는 누구나 마케팅을 할 수 있다는 얘기다. 이로 인해 1인 미디어가 등장했듯 1인 마케터가 등장했고, 1인 마케터에게 광고주가 직접 연락해서 광고를 의뢰하는 일이 늘어나는 이유도 여기에 있다는 것이다. 이 과정에서 정산이 어렵거나 체크하기 어려운 점이 많다 보니 마치 에어비앤비가 호스트와 게스트 사이에서 발생하는 어려운 문제를 풀어주듯 텐핑은 광고주와 1인 마케터 사이에서 발생하는 점을 풀어주는 애드테크 회사로 설립된 것이다.

텐핑의 서비스는 간단하다. 서비스를 내려 받으면 광고주 콘텐츠 중 자신이 잘 소문낼 수 있는 콘텐츠를 골라 아이콘만 한 번 누르면 페이스북이나 블로그, 트위터 등을 통해 퍼뜨릴 수 있다. 텐핑 측은 트래킹을 해서 광고주가 원하는 전환이 발생하면 광고비를 차감해 마케터에게 배분해준다.

사실 리모트워크는 어쩔 수 없는 상황 탓에 진행하게 됐다고 말한다. 텐핑이라는 시스템 자체가 공간상 멀리 떨어져 있는 1인 마케터 누군가와 마치 무형의 광고대행사처럼 광고주를 위한 마케팅을 대행해야 한다.

• 결국 중요해지는 건 대면 커뮤니케이션

텐핑 측은 자사 플랫폼에서 활동 중인 1인 마케터 중 일부를 채용했다. 플랫폼 내 높은 매출 성과를 내는 마케터들을 채용해 직원으로 삼은 것이다. 텐핑이 진행 중인 비즈니스는 마케터가 돈을 벌면 텐핑도 함께 돈을 버는 구조다. 마케터가 돈을 벌 때 텐핑이 버는 돈도 간단하게 계산할 수 있다. 직원으로 채용한 1인 마케터에게는 개인 이득으로 버는 텐핑 포인트를 모두 가져가게 하고 4대 보험과 연봉을 추가하는 형태로 안전망을 제공하는 형태로 계약을 맺었다.

텐핑이 리모트워크를 할 수 있는 이유는 이렇듯 정량적 평가가 가능하기 때문이다. 매출 성과를 정확하게 계산해서 마케터 한 명이 버는 순매출의 60%를 급여로 책정한다.

고 대표 역시 이들을 자주 만나는 건 아니다. 편한 곳에서 마케팅 활동을 하면 그만이다. 물론 텐핑 측은 1인 마케터들이 업무 공간을 필요로 할 수 있는 만큼 텐핑라운지라는 걸 만들어 이들이 자유롭게 와서 쓸 수 있도록 하고 있다. 내부 직원과 붙어 있는 공간이고 업무 공간도 실제로 반 정도를 열어서 마케터가 함께 쓸 수 있도록 한 것이다. 내부에선 또 선후배 제도를 만들어 후배를 가르칠 수 있도록 해 1인 마케터로 성장할 수 있도록 돕는다.

고 대표는 라운지를 계속 늘릴 계획이라고 말한다. 또 코워킹스페이스 같은 공간을 이용하면 회사가 비용을 함께 내주는 것 같은 혜택도 제공한다.

텐핑은 서비스를 하다 보니 서비스 사용자, 1인 마케터를 대상으로 채용을 하면서 자연스레 리모트워크를 하게 됐다. 고 대표는 이 과정에서 대면 커뮤니케이션을 중요하게 생각했고 그 결과 탄생한 게 텐핑라운지다. 한 공간에 있으면 의사결정도 금방 끝난다. 텐핑이 전국 주요 공략지마다 텐핑라운지를 만들려는 이유도 여기에 있다. 물론 본사와 지역 라운지 간 효율을 위해 화상 채팅을 이용한다.

마이크로소프트 오피스에 있는 팀즈(Microsoft Teams)라는 툴도 도입했다. 팀즈와 화상 채팅을 이용한 기업 문화로 리모트워크로 인한 간극을 메우려는 것이다. 이를 통해 CEO가 어디에 있든 항상 효율을 잃지 않고 성장할 수 있도록 하겠다는 것.

고 대표는 리모트워크를 한다고 해서 회사를 들뜨게 만들 생각은 전혀 없다고 말한다. 어떻게 보면 리모트워크를 하는 이유는 자신이 어디에 있더라도 회사가 타이트하게 돌아갈 수 잇도록 하기 위한 것이기도 하다. 고 대표는 “모든 스타트업은 성장해야 하고 성장하지 않는 회사는 결국 죽는다”고 말한다. 리모트워크 역시 이를 위한 방법 중 하나인 셈이다.

04

제주에서
리모트워크로 일한다

아이엠지베이스 "리모트워크는 비타민이다"

아이엠지베이스(imgbase)는 제주시 첨단로에 둥지를 튼 설립 4년차 스타트업이다. GIF 움직이는 이미지, 일명 '움짤' 메이커 앱인 아이엠지플레이(Imgplay)를 서비스 중이다. 이 회사 강동혁 대표는 제주에 지내기 전부터 재택근무를 해온 리모트워커다. 그러던 중 쾌적한 자연 환경을 즐길 수 있다는 이유로 제주로 이사를 하게 된 것이다. 물론 강 대표가 창업 전 일했던 포털 사이트 다음 직원 당시에도 제주에 출장을 오면 이곳에서 일하는 직원이 부러웠다고. 서울에서 일하는 것과 큰 차이 없이 제주에서 살며 일할 수 있게 됐다는 것도 그가 제주를 택한 이유 중 하나다.

아이엠지베이스가 리모트워크를 생각하게 된 건 어쩌면 당연했다. 사업이 성장하면서 능력 있는 개발자가 필요했고 평소 제주에 관심이 있던 개발자 지인과 제주에서 함께 일하게 된 것. 이후 추가로 인재들을 영입하여 지금은 총 6명이 근무하고 있다.

2017년까지만 해도 직원이 3명이었고 모두 대학동기이다 보니 서로에 대한 신뢰도 강했다. 눈앞에 안 보여도 믿고 일할 수 있는 관계가 형성되다 보니 일주일에 한 번만 사무실로 출근하기로 했다.

물론 사업이 커지면서 신규 채용을 하면서 고민이 생겼다. 좀 더 보수적으로 접근할 필요가 있다고 판단한 것이다. 국내에 아직껏 리모트워크를 경험해본 사람이 별로 없는 만큼 연습해볼 시간이 필요하다고 생각한 것이다. 이런 이유로 아이엠지베이스는 지금은 일주일에 2번까지 리모트워크를 허용하고 있다. 강 대표는 지금 룰을 바탕으로 일이 잘 돌아가면 순차적으로 확장할 계획이다.

강 대표는 아이엠지베이스 같은 작은 기업에선 커뮤니케이션 이슈가 사실 크다고 말한다. 새로운 서비스를 개발할 때에는 많은 시간을 함께 보내면서 치열하게 논의하는 것이 중요한데, 이때 화상회의는 상당히 번거롭다. 일주일에 2번까지 리모트워크를 축소한 이유도 여기에 있다. 강 대표는 "풀 리모트워크는 문화 자체가 완전 초기 스타트업에게는 맞지 않는다는 느낌이 든다"면서 "앞으로 메인 서비스가 탄탄해진 다음 살을 붙이는 형태로 유연하게 적용할 수 있지 않을까 싶다"고 밝혔다. 아이엠지베이스는 리모트워크의 장점과 커뮤니케이션 효용성을 높일 수 있는 균형점을 찾으려 했다고 할 수 있다.

- **리모트워크의 목적은 복지가 아니다**

강 대표는 왜 리모트워크를 선택했을까? "회사에 나온다고 해서 효율이 잘 나오는 것도 아니고 회사에 나와서 일하는 시간을 쓰는 것도 결국 품질이 중요하다"는 게 이유다. 강 대표는 지금까지는 2일까지 리모트워크를 허용했지만 앞으로는 도외나 해외까지 시차가 생겨도 일이 돌아갈 수 있게 하는 게 목표다. 그 중에서도 개발자는 집중 개발 시간이 중요하다고 말한다. 사무실에서 누군가 말을 걸고 질문을 해서 이런 '집중'을 깨면 굉장한 손실이라는 설명이다. 그는 반드시 대면하여 토론해야 하는 이슈가 아니라면 슬랙(Slack)과 같은 툴을 사용하여 집중을 깨지 않도록 비대면으로 이야기하여 처리할 수 있도록 느슨한 커뮤니케이션을 연습 중이라고 말한다. 물론 회사 차원에선 굉장히 좋은 문화가 될 수 있는 건 분명하다. 실제로 사내에서 리모트워크에 대한 반응은 좋다. 실제로 디자이너의 경우 사무실에 나와서 일하는 걸 선호하는데 가끔 창의성을 발휘해야 하는 일이 있다면 집이나 카페에서 일하기도 한다.

사업상 궁합도 빼놓을 수 없다. 아이엠지베이스는 소프트웨어 사업이어서 리모트워크와 더 적합한 부분도 있다는 얘기다. 개발자와 디자이너는 문제를 해결할 때 창의성을 요한다. 직원 간 목표만 맞으면 사무실에서 일하든 집, 카페에서 일하든 일을 하고 문제가 해결될 수 있다는 얘기다. 그가 장소에 대한 구애를 받지 않게 하려는 이유도 이것이다.

강 대표는 "리모트워크는 신뢰를 바탕으로 효율을 위해 진행하는 것"이라고 강조한다. 이를 위해서 중요한 건 역시 성과 관리와 보상 체계다. 아이엠지베이스는 리모트워크를 하는 대신 평가는 '타이트'하게 한다. 직원이 자신의 역량에 맞게 업무를 수행했는지, 이슈를 창의적이거나 잘 풀어낼수록 높은 평가를 준다. 또 기대했던 일정보다 빠르게 일하고 품질이 높아도 마찬가지다. 이러한 평가 제도를 통해 조금 주도적으로 일할 수 있는 환경을 만들어 가기 위한 회사 문화를 만들어 가는 중이라고 한다.

- **원하는 곳에 살면서 원하는 일을**

그는 "리모트워크에 관심을 가진 이유가 삶을 사는데 회사에만 의존한다면 이에 맞지 않는다고 생각했기 때문"이라면서 원하는 곳에 살면서 원하는 일을 할 수 있다면 리모트워크가 주는 최선의 매력일 것이라고 강조한다.

리모트워크 시행 이후 사내에서 달라진 점은 제주는 어디를 가든 일하기 좋은 공간이 많아서 쉽게 찾아갈 수 있고 생각할 공간도 많다는 점이다. 카페뿐 아니라 숲을 걸으면서 얘기를 나누면 좋은 아이디어도 얻고 힐링도 된다. 물론 "오늘은 날씨가 좋으니 협재에 가서 일하자"고 치자. 가는데 40분이 걸리면 그만큼 더 일해야 한다는 건 단점 아니냐고 되물을 수도 있다. 하지만 강 대표는 이런 행위에 더 큰 값어치가 있다고 할 수 있다고 말한다. 강 대표가 자주 가는 곳은 조천가기 전 신촌에 위치한 카페다제주다. 제주시 아라동에 위치한 사무실 옆 숲길에 둘러싸인 거인의정원이라는 카페도 마찬가지다. 걸어갈 수 있는 거리라 회의하러 즐겨가는 곳이라고.

"리모트워크를 한 단어로요? 리모트워크는 비타민이다 정도로 할까요." 비유가 좋다. 비타민은 안 먹어도 잘 살 수 있지만 회사 생활에서 비타민 같은 존재와 비슷하다는 것이다. 일을 더 잘할 수 있게 도움을 주는 그런 존재 말이다.

시소 "리모트워크, 일을 일답게 만들어준다"

시소(seeso)는 제주시 애월읍 곽지리에 자리한 스타트업으로 프리랜서와 프로젝트를 매칭해주는 플랫폼 서비스를 하고 있다. 이 회사 박병규 대표가 리모트워크를 경영에 접목한 이유는 뭘까. 비즈니스 모델 자체가 투잡족이나 프리랜서를 대상으로 프로젝트를 연결하는 사업이다 보니 저녁이나 주말에 일을 자연스럽게 많이 하게 됐고 평범한 출퇴근 시간이 맞지 않는다는 생각이 들었다는 게 이유다. 자연스레 리모트워크를 더 지향하게 된 것이다.

박 대표는 시소가 제주에 둥지를 틀고 리모트워크를 유지하는 이유 중 하나로 자주 예로 드는 게 있다. 클라이언트를 만나서 얘기를 한다고 치자. 제주에 있으니 온라인으로 진행하는데 이렇게 몇 번 하면 서로 익숙해진다. 반면 오프라인에서 만난다고 하면 10분 만나고 헤어지는 사람은 별로 없다. 보통 못해도 1시간은 만나야 뭐라도 좀 얘기한 것 같다. 원래 하려는 업무상 얘기는 전체 중 10%지만 90%는 쓸데없는 말로 시간을 보낸다. 하지만 온라인으로 리모트워크를 하면 이 같은 비효율이 사라진다.

제주라는 공간에 내려와선 주말 쉬고 일을 할 수도 있고 같은 생각을 하는 사람이 모이면 이 안에서 만남이나 커뮤니케이션이 이뤄지거나 동질감을 느끼면 다른 프로젝트가 생길 수도 있는 등 또 다른 가능성이 열린다고 말한다. 고객사가 제안을 하기도 한다. 한 고객사 대표는 같이 내려와서 서핑하고 일하고 이런 프로그램은 가능하겠냐고 제안을 하기도 했다고 한다.

시소는 일하는 방식 자체도 온라인 처리가 많다. 굳이 오프라인에서 만나서 논의하고 하는 것보단 각자가 맡은 업무를 온라인에서 잘 수행하는 게 중요하다는 설명이다. 물론 박 대표 역시 이전에 리모트워크를 해본 경험은 없다. 리모트워크가 꼭 필요한지 생각해본 적도 없다. "그저 꼭 만나서 일을 해야 하나 생각했고 만나서 해야 하는 게 아니라면 각자 생산성 좋은 곳에서 일하면 되지 않겠냐는 생각에서 시작했다"는 것이다.

일반적인 경영방식과 리모트워크 사이에서 뭐가 더 좋을지 비교하면서 리모트워크를 선택한 게 아니라는 얘기다. 일 자체의 효율성보다는 회사가 추구하는 방향이나 가치에 맞는 게 뭔지 고민한 결과가 리모트워크였다.

물론 이렇게 선택하다 보니 회의를 할 때 되려 리모트워크가 발목을 잡을 때도 있다. 커뮤니케이션이 어렵거나 무슨 일을 서로 하는지 알 수 없을 때도 있었다고. 내부 프로젝트를 할 때에도 커뮤니케이션 문제로 일이 안 된다고 한 주는 출근을 하자고 얘기하기도 한다. 필요할 땐 출퇴근 시간을 정해서 하는 등 일의 효율성을 따지면서 업무를 진행한다.

• 리모트워크 시작 전 세 가지 고민

박 대표는 이렇게 리모트워크를 진행하면서 가장 큰 고민으로 커뮤니케이션 비용이 들어간다는 점을 첫 손에 꼽는다. 그다음은 훨씬 절차에 맞게 일을 해야 한다는 것이다. 옆자리에 있다면 논의하면서 일을 진행할 수 있겠지만 리모트워크는 프로세스화되지 않으면 아무리 작은 것도 진행되지 않는다는 얘기다. 언제까지 뭘 해달라는 요청은 온라인으로만 이뤄지는 만큼 일이 이 절차만으로도 진행되도록 관리자가 신경 써야 할 게 많다는 조언이다.

박 대표는 리모트워크의 장점이자 단점이기도 하지만 모든 일을 프로세스화해서 구성원을 움직이려고 하는 일이 많아진다고 설명한다. 사실 클라이언트와 일을 하면서도 채용을 해서 옆자리에 앉혀놓으면 일이 빠르게 될 것이라고 생각하지만 사실 일이 빠른 게 아니라 빨리 답변을 해주기 때문일 뿐이다. 실제로 일이 빨리 되는 건 아니라는 얘기다.

세 번째는 채용과 복지다. 각자 일하는 시간을 어떻게 측정해야 할지. 휴가나 하루 일해야 하는 시간 이런 건 정해진 게 없어서 반차를 써야 하나 이런 것도 애매하다. 이런 사항을 내부적으로 정리할 필요가 있다. 채용의 경우 지금은 제주 거주자 위주로 채용하지만 미국에 있는 프로젝트 매니저는 국내에서 몇 개월간 함께 일해 보면서 잘 맞는다고 생각해 돌아가서도 계속 일을 함께 할 생각이다. 박 대표는 "리모트워크에선 공간과 시간의 격차 해소가 중요하다"면서 제주는 공간은 격차가 있지만 시차는 없지만 해외에선 두 가지 이슈를 안게 된다는 점을 고려해야 한다고 말한다.

박 대표는 "지금 있는 구성원이 정해진 시간과 공간에 모여 있다면 지금보다 더 좋은 회사가 됐을까" 자문해보면 상대적인 것이라는 생각이 든다고 말한다. 자신의 창업 철학 같은 것이지만 리모트워크로 했을 때도 문제는 있지만 일반 출퇴근에도 문제는 있다는 얘기다. 중요한 건 이런 문제를 해결하는 것이지만 이런 문제가 있으니 다른 걸 받아들이자는 건 맞지 않다는 얘기다.

이런 점에서 박 대표는 오히려 리모트워크로 했을 때 생기는 문제 해결을 잘 하냐 못 하냐가 중요하다고 강조한다. 이런 이유 때문에 리모트워크를 굳이 바꾸지 않는다. 물론 박 대표는 리모트워크를 하는 이유가 꼭 출퇴근을 해야 생산성이 좋은 건 아니라는 생각 때문이지만 이 말은 모여서 하는 게 더 생산적으로 생각되면 언제든 모여서 하는 문화를 만들 수도 있겠다는 생각이다. 그는 리모트워크 표현 자체에서 드러나는 건 물리적으로 떨어져 있어도 일을 할 수 있는 회사냐 아니냐의 차이가 결국은 지속성을 보여줄 것이라고 말한다.

- 2개월마다 전 직원 워크데이, 친밀감 높여

박 대표는 리모트워크를 하면 직원 표현에서 느껴지는 증상이 있고 말한다. 항상 무슨 일을 하고 있다는 생각이 들기 때문에 어떤 때에는 요청이 너무 많이 몰려들거나 반대로 할 게 너무 없을 수도 있다. 일할 수 있는 시간을 확보할 수 있는 건 좋지만 프로세스가 있어야 안정감 있게 진행이 되고 일을 안 하고 있어도 편할 수 있다는 설명이다. 일이 몰리거나 혹은 일이 없어도 이런 게 직원 입장에선 부담으로 다가올 수 있지만 안 하고 있을 때에는 안 하고 있는 이유를 알고 생각할 수 있게 해주는 것도 중요하다.

이를 위해 시소는 캘린더에 업무 일과를 매일 다음 날 것까지 쓰게 한다. 내일까지 어디에서 몇 시부터 몇 시까지 일을 할 것이라고 쓰게 하는 것. 박 대표는 이렇게 하는 취지는 미리 일하는 시간을 공유하자는 게 첫째이고 시소는 팀별 슬랙 채널을 만드는데 슬랙 채널별로 각자 맡은 업무를 올려놓게 한다. 이를 통해 어떤 일을 하고 있는지 드러나게 하려는 취지다.

팀별 온라인 정기 회의도 진행하는데 이번 주 무슨 일을 했는지 짧게 브리핑할 수 있는 장치를 마련하기 위한 것이다. 직원 스스로 복기를 해볼 수도 있고 리뷰를 하기도 좋다.

사실 혼자 리모트워크를 하면 편하다. 하지만 팀별로 리모트워크를 할 때에는 이슈가 많이 생긴다. 팀 차원으로 프로젝트를 진행하려면 그만큼 프로세스와 관리자 역할이 중요하다고 할 수 있다. 어젠다가 뭔지 명확하게 잡아주고 회의를 온라인으로 할 수 있게 만들어주고 결과물이 어떤 것인지, 이를 만들기 위해 담당자별로 언제까지 뭘 해야 하는지 관리를 해야 한다.

박 대표는 "관리를 못하는 리모트워크를 하면 회의를 하고 나서도 아무로 안 챙기려는 행동이 강해질 수 있다"고 조언한다. 팀장마다 이를 잘 정리하고 팀장과 팀원 간 룰을 잘 구분해야 하는 이유다. 팀원은 실무 회의가 끝나면 언제까지 하겠다는 걸 알리고 효과적 주기를 만드는 게 중요하다.

리모트워크는 단점이라고 할 수도 있지만 어떤 면에선 계속 움직이는 회사가 될 확률도 기대할 수 있다. 물론 반대로 앞서 밝혔듯 일이 많을 때에는 업무를 더 많이 하고 있다는 생각이 강해질 수 있다. 시소의 경우 처음에는 함께 일하는 시간을 정해놓기도 했지만 지금은 크게 의미가 없는 것 같아 없앴다고 한다. 다만 PM팀의 경우 15~18시까지는 패턴 상 함께 일하고 격달마다 워크데이(Work day)라고 불리는 전체가 다 모여서 일하고 저녁에 회식을 하는 활동을 한다. 오후에 다 같이 모여 회의실에서 어젠다에 대해 얘기를 나눌 수 있도록 한 것이다. 리모트워크로 일을 하다 보니 만나면 직원들이 서로 굉장히 반가워한다고. 박 대표 표현을 빌리면 "봇물처럼 수다가 터지는" 시간이다. 직원끼리 2개월마다 한 자리에 모이는 꼴이어서 보는 시간은 줄었지만 친밀감은 더 높아졌다는 설명이다.

• 근로계약·사무실 개념 바꿀 단초 될 수도

박 대표는 리모트워크를 채용과 관련해서도 바꿔보고 싶은 구상을 하고 있다. 시소는 자사 직원과 계약직을 섞어서 팀을 짠다. 보통 수주를 받으면 이 같은 계약직 멤버가 참여하게 되는데 사실상 직원과 구분이 없어진다는 것. 결국 소속감 차이만 있고 이 회사와 함께 프로젝트를 하고 싶으냐 아니냐의 차이만 있을 뿐이다. 박 대표는 "우리 세대야 회사에 가서 일해보고 더 할지 아닐지를 결정하지만 들어가면 끝이 아니라 안 맞으면 결국 나오게 된다"면서 이런 생각 때문에 일반인이 생각하는 근로자와 회사가 생각하는 근로자가 안 맞을 수 있다. 리모트워크 자체가 회사와 근로자의 계약 형태 자체에도 영향을 가능성이 있을 수 있다는 얘기다.

업무 공간도 마찬가지다. 리모트워크를 활용하면 고정 업무 공간이 필요하더라도 클 필요가 없고 어차피 출근할 사무실이 없으니 일하는 근방 코워킹스페이스 회의실 같은 곳을 쓸 수도 있다. 이를 회사가 지원하면 출퇴근 증빙도 할 수 있다. 리모트워크가 사무실이라는 공간 개념 자체를 새로 정립할 수 있는 기회를 제공할 수도 있는 셈이다.

카일루아, 선순환 업무구조의 고민

카일루아는 크리에이티브 콘텐츠 랩 스타트업이다. 카일루아는 하와이어로 해류 두 개가 만나는 곳으로 수산자원이 풍부함 '황금어장'이라는 뜻을 담고 있다. 실제로 하와이에 가면 카일루아 해변이라는 곳도 있다. 카일루아가 이런 뜻을 사명에 새긴 건 IT 기술과 콘텐츠 제작, 기획 능력 이렇게 두 가지 다른 해류를 합쳐서 사람들의 삶에 도움이 되는 솔루션을 만들어보자는 생각에서 지은 것이다.

카일루아는 두 가지 기술을 접목해 여행 성향을 분석하고 콘텐츠를 추천해주는 서비스를 한다. 이 회사 소준의 대표는 공군에서 5년간 장교로 복무했다. 소 대표는 이 같은 경험이 특별했던 이유로 3년간 레거시 미디어, 나머지 2년은 공군 콘텐츠를 만드는 미디어영상팀에서 SNS 총괄 담당을 했기 때문이다. 이 과정에서 소 대표는 군 조직이 지위와 책임이라는 두 요소를 통해 조직의 목표를 이뤄내는 데에는 효율적임에 틀림없지만, 이러한 조직 구조 속에서 개인은 자신을 숨기거나 혹은 희생할 수 있는 구조적 문제에 대해 생각하게 됐다. 그리고 이러한 문제 속에서 문서 작업이나 인맥, 라인타기와 같은 정치적 요소들, 그리고 보고체계와 같은 부정적인 문제와 상황을 어떻게 하면 개선할 수 있을지에 대해 실험하게 된 것이다.

또 다른 계기는 소 대표는 원래 컴퓨터 사이언스를 전공하고 미술을 복수 전공했다. 오픈소스 프로젝트가 활발하게 일어나는 걸 접하게 됐고 이런 플랫폼이 전 세계 어디서든 자신이 원하는 프로젝트에 참여하는 환경을 제공한다는 사실을 접하게 된다. 이런 점에서 짜임새 잇는 조직을 갖게 된다면 직접 사람의 참여를 통해 책임감도 유도하면서 자기 분야의 전문성을 더욱 자유롭게 표출할 수 있지 않을까 다시 한번 생각하게 됐다. 결국 이 같은 선순환 업무 구조를 만들기 위해 리모트워크를 적용해보자는 결심을 했고 2016년 창업 이후 리모트워크를 적용하고 있다.

• 업무에 따라 풀·하프 리모트워크 나눠

카일루아는 두 가지 제도로 리모트워크를 적용했다. 첫째는 개발자와 디자이너, 기획자, 마케터, PM 같은 직종은 풀타임으로 리모트워크를 할 수 있는 풀 리모트 제도를 채택한 것이다. 둘째는 영상 촬영이나 콘텐츠 취재를 해야 하는 현장 업무 분야는 하프 리모트 제도를 도입했다.

카일루아는 원활한 업무 진행을 위해 업무 과정과 결과를 모두 공개하고 함께 논의하는 사내 문화를 도입했다. 문서나 혹은 다른 방식으로라도 안건을 올려서 얘기를 해야만 직접 일이 될 수 있는 규칙도 있다. 또 1년에 한 번씩 알로하 게더링(Aloha Gathering)이라고 부르는 20명 남짓이 참여하는 행사를 진행하고 다양한 스몰 세미나 참여 장려를 통해 팀원이 새로운 정보를 습득하는 한편 커뮤니티의 일원이 되어 사람들과 직접 만날 수 있는 기회를 마련한다. 그 밖에 서핑 같은 개인 취미를 담은 영상을 함께 보면서 이를 통해 느낀 자신만의 인사이트를 팀원과 공유하는 활동을 하기도 한다. 분기마다 1회 정도 모두 모여서 레저를 하거나 식사를 하는 등 커뮤니케이션을 하는 과정도 빼놓지 않는 등 리모트로 인해 팀원 간의 거리감이 생기지 않도록 노력하고 있다.

업무 툴 같은 경우에는 아사나(Asana)나 슬랙(Slack), 구글 G스위트(G Suite), 행아웃(Hangout), 리얼타임보드(Realtime Board), 컨플루언스(Confluence)를 활용하고 있다. 소 대표의 경우에는 리얼타임 보드와 같이 그림으로 설명하는 솔루션은 초기에 고려하지 않았다고 한다. 하지만 팀 디자이너가 문서와 같은 정형화된 텍스트 방식은 본인과 맞지 않고, 그림이나 마인드맵과 같은 논리적 흐름으로 설명하고 싶다는 의견을 밝혔고, 리얼타임보드는 그런 이유로 찾게 된 솔루션이라고 한다. 어떻게 하면 좀 더 편한 커뮤니케이션이 가능할까 고민하다가 찾은 게 리얼타임보드라는 얘기다. 리얼타임보드는 태블릿에서 곧바로 그림을 그리거나 미리 프리셋으로 정해진 사각형이나 도형 혹은 표를 직접 그림판처럼 그리며 설명할 수 있다.

소 대표는 몇 년간 리모트워크를 시행하면서 PM의 역할이 가장 중요하다는 생각을 하게 됐다고 설명한다. PM으로서 업무를 좀 더 세분화해서 모듈화하고 일정을 조율하고 효율적으로 업무가 진행될 수 있도록 개입해 간다면 단점에 대한 좋은 해결책이 될 수 있다는 것이다. 팀이 조금씩 커지면서 인원도 늘어나는데 팀 내부에서 순환제나 지정제로 리더를 뽑고 리더가 내부 안건을 정리해서 정확하고 간결하게 소통이 될 수 있도록 하면 일정 관리의 어려움이나 자칫 길어질 수 있는 회의 시간을 줄이는 해결 방안이 될 수 있다.

• 리모트워크로 인한 비동기화, 크로스타임 가져라

소 대표는 또 카일루아의 경우 직원 대부분 자유롭게 비동기화 방식으로 각자 일하는 시간을 갖지만 업무 간 대조 검토, 논의가 필요할 수 있는 만큼 협업 시간을 하루 2~3시간가량 확보하는 게 좋다고 말한다. 직접적인 대화를 할 수 있도록 전화, 메신저 등 커뮤니케이션 구조를 만들고 체계화하는 작업이 필요할 수 있다. 또 모든 일은 온라인 협업 솔루션에 정리하여 내용을 공유토록 하면 비동기화로 인한 폐해를 조금은 동기화하면서 조율할 수 있는 지점을 찾게 된다는 설명이다.

소 대표는 일을 하면서 리모트워크는 자칫 잘못하면 대표의 욕심 탓에 나쁜 방향으로 흘러갈 수도 있다고 말한다. 매일 일할 수밖에 없는 환경이 생길 수도 있다는 것. 프랑스와 같은 국가에서는 업무 시간 외에는 카카오톡과 같은 메신저로 업무 시간 외 업무 메시지 보내지 말자는 얘기가 있는데 소 대표 역시 비즈니스 차원에선 절대로 카카오톡을 쓰지 않는다고 한다. 카톡은 아카이빙을 할 수 없다는 점도 있지만 업무시간 자체에 대한 기준이 사라져버릴 수 있다는 생각이 작용한 결과다.

이보다는 슬랙을 이용한다. 업무용으로는 슬랙을 통해 알림 시간을 설정할 수도 있다. 시간을 설정해 해당 시간대에 받게 해둔다. 리모트워크 근로자가 업무 시간에 메시지를 받도록 설정하면 해당 시간에 맞춰 서로 크로스 업무를 할 수 있게 자연스러운 조율이 가능해진다.

또 다른 면으론 회사 일정을 미리 공유한다는 것. 회사 일정이야 당연히 공개하면 될 일이지만 되도록 4주 전에는 회사와 관련된 업무 일정을 다들 공유하고 있다고 한다. 휴가나 컨퍼런스, 회사 일정 같은 건 모두 구글 캘린더를 통해 공유한다. 이러한 일정 공유를 통해 개인은 스스로의 휴식 과정과 가정에 충실할 수 있으며, 이는 역으로 일하는 이들이 회사의 일정과 업무에 더 관심을 갖게 되는 상호 보완적인 관계라는 것이다.

카일루아는 또 사내에서 콜라보 제도를 도입, 운영 중이다. 소 대표가 생각하는 첫 번째 가치는 함께 가치를 공유할 사람을 찾는 것이다. 이 과정에서 콜라보를 직접 1주에서 길면 3개월 이상 진행하면서 함께 작업을 해본다. 콜라보 기간 중 적절한 프로젝트를 나눠서 진행하면서 서로를 알아보는 시간을 갖는 것이다. 이 과정을 거치면서 리모트워크나 혹은 출퇴근에 대한 조율을 할 수도 있다. 그동안 여러 사람들과 콜라보를 진행하면서 카일루아 스스로의 방향성과 함께 일하는 사람에 대한 기준 또한 더욱 구체화 되었다고 한다.

소 대표는 카일루아의 업무 철학으로 결과에 입각한 업무 그리고 할 수 있는 일과 없는 일을 나눠서 잘 아카이빙하고 다음에 할 일 또 지금 당장 할 일을 맞추는 것이라고 말한다. 생각을 공유하고 일만 생각하지 않는 철학도 빼놓을 수 없다.

제주에서 리모트워크하기 좋은 공간 10

제주에서 리모트워크하기 좋은 공간은 어디가 있을까. 가장 대표적인 곳은 J-Space(제주특별자치도 제주시 이도2동). 제주창조경제혁신센터가 운영하고 있는 공간으로 제주창조경제혁신센터 3, 4층에 위치해 있다. 제주를 기반으로 활동하고 있는 창업자와 예비창업자, 입주기업 및 체류기업이 자유롭게 네트워킹할 수 있는 공간으로 마련됐다. 공간은 커뮤니티존과 회의실, 토론장으로 구성돼있다.

이곳에서는 스타트업과 예비창업자의 네트워킹은 물론 성장을 위한 교육, 강연 등이 진행된다. 이와 함께 스타트업에게 필요한 금융, 세무, 창업, 특허, 법률상담 및 창업지원 정보를 제공하 원스톱서비스존과 메이커 활동을 지원하는 창조공방 J-Fab Lab이 운영되고 있다.

J-Space의 강점은 누구나 무료로 사용할 수 있다는 점이다. 평일 오전 9시부터 오후 6시까지 누구나 이용할 수 있다. 시설 또한 여느 카페 못지않다. 3층과 4층이 연결되어 있는 탁 트인 공간에서 무료 와이파이와 커피를 즐길 수 있다. 미리 예약만 하면 회의실도 이용 가능하다. 제주 시청 바로 옆에 위치해 있어 시내와 공항 접근성이 좋다는 것도 장점이다.

• 무료 코워킹스페이스 찾는다면

청년다락(제주특별자치도 제주시 연삼로 386-1)은 제주청년센터가 운영하는 청년활동공간이다. 아담한 공간에 회의실 3개 외에 쉼터와 북카페 등을 알차게 꾸몄고 누구나 무료로 이용할 수 있다. 북카페는 조용한 분위기지만 회의실에서 들려오는 활기찬 대화 소리가 긴장감을 다소 누그러뜨려 준다. 창가 쪽 좌석에선 창밖 시티 뷰를 볼 수 있고 책상 위에 콘센트를 배치해 노트북을 쓰기도 좋다. 와이파이를 이용할 수 있고 멀티탭은 대여, 회의실은 미리 예약해야 이용할 수 있다. 다만 주차장이 협소한 편이니 차량을 이용한다면 근처 제주지방법원이나 고산동산을 이용하는 게 좋다. 평일에는 10~22시까지, 토요일은 17시까지 이용할 수 있다. 일요일이나 공휴일은 쉰다.

제주사회적경제지원센터 라운지(제주특별자치도 제주시 중앙로 165 고용복지플러스센터 1층)는 제주 칼호텔 사거리 상록회관 1층에 위치하고 있다. 이곳 역시 무료로 누구나 이용할 수 있는 공간. 다만 평소에는 센터와 입주기업 직원이 휴게실로 이용하고 있는 만큼 방문하려면 되도록 점심시간은 피해서 가는 게 좋다. 이곳의 장점은 개방적이면서도 활기찬 분위기에서 일할 수 있다는 것이다. 또 사회적 경제와 관련한 온갖 행사 소식을 확인할 수 있는 건 덤이다.

공간 안쪽 모니터 앞쪽에는 콘센트 좌석을 배치했고 세미나실이나 대강당은 미리 예약하면 이용할 수 있다. 수눌음이라고 불리는 휴게소 내부에는 작은 편의점도 있다. 주차는 상록회관에 가능하며 이용시간은 평일 9~20시, 토요일은 18시까지이며 일요일이나 공휴일은 휴무다.

• 일하기 좋은 제주 카페

에이바우트커피 시청점(제주 제주시 광양13길 1)는 '공간에 집중한 카페'다. 번화가에 위치해 그만큼 교통이 편리하며, 지하부터 3층까지 에이바우트의 다른 지점보다 다양한 형태의 좌석과 환경을 제공하고 있다. 지하는 유리 칸막이가 많아 프라이빗한 아지트 같은 느낌이라면, 3층은 채광이 잘 되는 큰 유리창과 커뮤니티 테이블이 있어 보다 개방된 환경에서 일할 수 있다. 대부분의 좌석에 콘센트가 배치되어 있고 칸막이로 나눠진 좌석이 많이 있어 미팅하기에도 적합하다. 아침 7시부터 자정까지 연중무휴로 운영되고 CCTV가 설치되어 있어 잠시 자리를 비울 때에 염려가 덜하다.

에스프레소 라운지(제주 제주시 노형동 2319-4)는 멋스러운 벽돌 외관이 한눈에 들어오는 대형 카페다. 여행자들에게는 커피와 베이커리 맛집으로도 유명하지만 제주의 리모트워커들이 자주 찾는 일하기 좋은 공간으로도 잘 알려져 있다. 1층의 기다란 커뮤니티 테이블에서 카페를 오가는 사람들과 바삐 움직이는 바리스타들의 활력 넘치는 분위기를 즐겨도 좋고, 조금 더 차분하게 일하고 싶다면 2층 벽 쪽 좌석을 추천한다. 날씨가 좋으면 루프탑에 올라가보는 것도 잊지 마시길.

엘가커피 제주연동점(제주 제주시 연동 1372-5)는 공간이 넓고 쾌적해 오래 머물러도 답답하지 않고 브런치와 디저트 메뉴도 다양해 끼니를 해결하기에도 좋다. 여행자보다는 현지인들이 즐겨 찾는 동네 카페로 관광지와는 또 다른 편안한 분위기를 느낄 수 있다. 별도의 세미나실도 마련되어 있어서 소규모 모임에도 적합하다.

아일랜드팩토리 풍류(제주 제주시 관덕로8길 31)는 제주시에서 활동하는 리모트워커가 입을 모아 추천하는 공간 중 하나다. 1층에서 커피를 주문하고 2층 빈티지숍을 지나 널찍한 3층 라운지에서 일을 하다가 4층 루프탑에서 잠시 머리를 식힐 수 있는 그야말로 완벽한 코스를 지닌 곳이기도 하다. 라운지 창밖으로는 시원하게 펼쳐진 원도심 풍경, 안에선 멋스러운 그래피티아트를 보면서 일할 수 있어 말 그대로 풍류가 넘치는 공간이다. 당연히 와이파이를 이용할 수 있고 대부분 좌석에 콘센트도 배치되어 있다. 큰 테이블과 등받이 의자는 물론. 3층에선 여유롭고 조용한 분위기를 느낄 수 있고 재즈나 보사노바 같은 편안한 음악을 곁들였다. 프로젝터 대여를 포함해 대관을 하면 소규모 모임을 할 수도 있다.

도렐(제주 서귀포시 성산읍 동류암로 20)은 성산 플레이스 캠프 내부에 있는 카페로 탁 트인 개방감에 예술적 감성을 느낄 수 있는 곳이다. 높은 천장과 채광 좋은 유리벽이 쾌적함을 주며, 특히 천장에 매달려 있는 설치미술작품은 1층과 2층 사이를 관통하여 공간감을 더욱 극대화 한다. 콘센트 좌석이 많지는 않지만 주로 플레이스 캠프 투숙객이 이용하기 때문에 성수기 주말이 아니라면 항상 여유가 있다. 벽에 걸린 엄선된 미술작품을 감상하고 카페 밖을 잠시 나가 성산일출봉 풍경을 즐기기에도 탁월한 곳이다. 새로운 영감이 필요할 때에는 이곳을 찾아보시길.

카페 오버더윈도우(제주 서귀포시 정방동 태평로 379-1)는 천지연폭포 입구 사거리에 위치한 로스터리 카페다. 길게 뻗은 세련된 외관이 멀리서도 눈길을 끈다. 카페 이름처럼 창문 밖으로 보이는 서귀포 풍경이 아름답다. 공원의 울창한 나무와 그 위로 펼쳐진 하늘, 그 끝의 바다까지 넓고 깊게 바라볼 수 있다. 모던한 외관과는 달리 내부에는 앤틱한 찻잔과 소품이 있고 재즈 피아노 연주곡 위주의 선곡으로 그만의 독특한 분위기를 느낄 수 있다. 일과 여행을 겸해 제주를 찾았다면 그 기대를 충족할만한 곳이다.

더 커피브루(제주 서귀포시 대청로 39)는 서귀포시 신시가지 상가건물 안에 있는 분위기 좋은 카페다. 적당한 규모에 비교적 최근 지어져 깨끗한 시설, 소소한 일상을 나누는 사람들의 말소리가 적절한 백색소음이 되어준다. 볕이 잘 드는 창가에 앉아 일을 하고 기분이 내키면 서귀포 바닷가로 금방 떠날 수 있는 최적의 장소다.

05

실전 리모트워크 제대로 활용하기

리모트워크를 가능하게 하는 것은 언제 어디서나 인터넷에 접속만하면 사용이 가능한 협업툴 덕분이다. 같은 공간에 있지 않더라도 인터넷 연결만으로 소통할 수 있는 협업툴이 하나둘씩 늘어나면서 리모트워크는 더욱 광범위하게 확산될 수 있었다.

리모트워크에 적합한 협업툴은 크게 소통 문제를 해결해 줄 수 있는 커뮤니케이션 툴과 프로젝트 진행 상황을 효과적으로 관리하는 매니징 툴로 나눌 수 있다. 리모트워크에서는 같은 공간에 있지 않아서 발생하는 소통 문제가 꽤 민감하게 다가오는데 실시간 대화를 가능하게 하는 커뮤니케이션 툴이나 영상 툴 덕분에 장소와 관계없이 팀원들과 원활한 대화가 가능해졌다. 또 프로젝트 관리에 특화된 툴을 통해 대면 없이 업무 진척 상황을 시각적으로 살펴볼 수 있어 효율성과 생산성을 동시에 높일 수 있는 기회도 늘어났다. 국내외 여러 스타트업이 리모트워크와 업무 효율을 높이기 위해 사용하는 대표적 협업툴을 살펴본다.

커뮤니케이션을 위한 협업툴

• 열린 채널로 정보 공유를… 슬랙(Slack)

슬랙은 메시징 기반 협업툴로 국내외 스타트업이 가장 활발하게 사용하고 있는 커뮤니케이션 툴 중 하나다. 실리콘밸리에서 시작된 슬랙 열풍은 국내로도 퍼져 최근에는 슬랙을 사용하지 않는 스타트업을 찾는 것이 더 빠를 만큼 초기 스타트업의 필수 커뮤니케이션 툴로 인식되고 있다.

슬랙은 단체 채팅방 개념인 '채널'을 개설하고 언제 어디서든 팀원과 빠른 소통과 업무 협업이 가능할 뿐 아니라 무료로 쓸 수 있고 사용 방법도 크게 어렵지 않아 스타트업에게 인기를 얻고 있다. 또 전 세계적으로 슬랙이 급속도로 인기를 얻게 된 데는 구글드라이브, 드롭박스, 지라, 트렐로, 아사나 등 서드파티 협업툴과 유연한 호환성을 보여준 것도 한몫한다. 외부 서비스와의 연동 기능을 통해 슬랙 한 곳에서 커뮤니케이션이 일원화 되는 효과를 얻을 수 있어 빠른 소통을 할 수 있다.

모바일 패션앱 스타일쉐어는 슬랙이 서비스로 나오자마자 사내 커뮤니케이션 툴로 도입해 줄곧 쓰고 있다. 설립초기부터 리모트워크를 허용한 스타일쉐어는 유능한 인재 한 명을 붙잡아두기 위한 방법으로 리모트워크를 시작해 직원이 70여 명으로 늘어난 지금도 리모트워크를 실행하고 있다.

현재 스타일쉐어 직원 중 20%는 재택근무를 한다고 한다. 스타일쉐어는 슬랙이 나오기 전부터 내부 커뮤니케이션용 툴의 필요성을 느끼고 아이알씨(irc), 야머, 힙챗 등을 사용해왔는데 슬랙을 사용해본 후 반응이 나쁘지 않아 사내 커뮤니케이션 툴로 택했다. 슬랙을 사용하고 나서부터는 이메일로 하는 사내 소통은 거의 없어졌고 이메일은 대부분 외부 커뮤니케이션을 위한 용도로 사용한다.

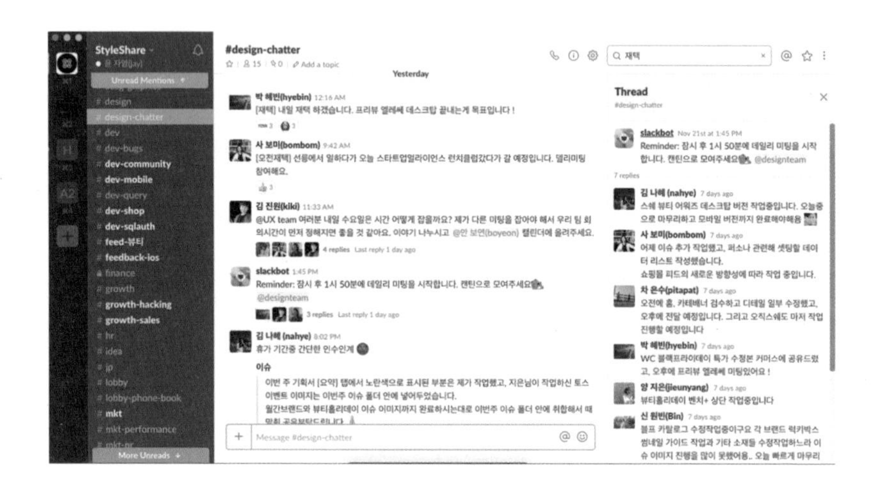

스타일쉐어의 슬랙에는 채널이 100여 개 가까이 있다. 모든 직원이 다 들어와 있는 디폴트 채널부터 개발팀, 마케팅팀 등 팀 중심의 채널, 다시 팀 안에서도 업무 파트별 채널이 존재한다. 또 슬랙은 서드파티와 연동이 잘되기 때문에 팀별로 제플린, 지라, 트렐로 등 업무에 적합한 툴을 연동해서 사용하기도 한다.

업무 관련 채널 외에도 팀 소통을 위한 채널도 만들어 운영한다. 예를 들면 커피클럽 등 사내 동호회 채널을 통해서는 친목 도모를 하고 구매 요청 채널에서는 간식거리 등 필요한 물품을 요청하기도 한다. 채널이 100개가 넘지만 팀원은 자신이 필요한 채널만 알람을 받게 해놓기도 하고 원하는 채널 안에서 자유롭게 이동하며 활동하고 있다.

공유를 중요한 가치라고 생각하는 스타일쉐어는 회사의 성과 지표 등을 매일 슬랙을 통해 전 직원과 공유한다. 예를 들면 그로스(Growth) 채널은 매일 아침 10시에 하루 전날 성과 지표를 공유한다. 전 직원이 그로스 채널을 통해 매출, 사용자 수, 서비스 만족도, 나라별 사용자 변동수치 등 핵심 지표들을 매일 확인할 수 있도록 하고 있다. 또 팀별로 데일리 회의를 할 때는 회의에 대한 안내와 영상 회의 링크 등을 모두 슬랙에 공유하기 때문에 리모트워크를 하더라도 회의에 참여할 수 있도록 하고 있다.

윤자영 스타일쉐어 대표는 슬랙의 가장 큰 장점으로 오픈채널로 인한 정보 공유를 꼽았다. 슬랙은 비공개 채널을 만들 수 있지만 기본적으로 모든 채널과 대화 내용을 검색해볼 수 있다. 윤 대표는 "오픈채널의 장점은 공개된 정보를 누구나 볼 수 있다는 것이다. 회사 구성원 입장에서 회사가 무엇을 하고 있는지를 알려주는 채널이 있다는 것은 좋을 것으로 본다"고 말했다. 이어 윤 대표는 "대면 회의를 통해서는 직원이 어떤 의견을 내고 싶어도 상사 앞에서 대놓고 할 수 없다면 슬랙에서는 누구든 자유롭게 질문을 할 수 있고 답하는 입장에서도 더 곰곰이 생각하고 얘기할 수 있는 기회가 있다는 것이 좋다"고 말했다. 윤 대표는 "툴 선택에 있어서 우리와 잘 맞는 툴이 무엇일지 열심히 찾아보고 사용해본 결과 결국 완벽한 툴은 없다는 것을 알게 됐다"며 "툴 자체의 기능적인 것을 당연히 검토하긴 하지만 이 툴을 도입하는 이유가 무엇인지에 따라 서로 약속한 대로 잘 쓰는 게 훨씬 중요하다"고 조언했다.

- 공사 분리 가능한 업무툴, 잔디(Jandi)

해외에 슬랙이 있다면 국내에는 메시징 기반 협업툴 잔디가 있다. 잔디는 국내 토종 협업툴로 슬랙의 한국어 버전이라고 보면 이해하기 쉽다. 현재 잔디를 사용하는 국내외 기업은 15만 개로 다양한 분야 기업이 한국어에 최적화된 커뮤니케이션 툴이란 사실만으로도 잔디를 선택하고 있다.

또 아시아 시장을 겨냥해 만든 잔디는 일본어와 중국어 버전은 물론 동양인에게 좀 더 익숙한 UI/UX나 이모티콘을 제공해 아시아 국가 기업이 슬랙의 대안으로 선택하고 있다. 잔디는 국내 기업이기 때문에 주기적으로 방문 교육 및 세미나를 열고 있어 협업툴을 처음 사용하는 업체라도 쉽게 도입하는 것이 가능해 접근성이 높고 비용도 상대적으로 저렴해 도입에 부담이 적다.

실시간 채팅을 위해 필요한 단체 대화방 개념을 슬랙에서는 채널, 잔디에서는 토픽이라고 부르며 토픽 안에서 팀원은 업무 내용을 주고받고 소통할 수 있다. 슬랙의 장점인 외부 서비스 연동 기능 역시 잔디에서 찾아볼 수 있다. 구글 캘린더, 트렐로, 지라, 깃허브 등 업무 및 개발 툴과 그룹웨어, 사내 시스템, RSS 기능도 잔디와 연동할 수 있어 잔디를 중심으로 한 커뮤니케이션이 가능하다.

크라우드펀딩 플랫폼 와디즈는 잔디를 커뮤니케이션용 툴로 사용하고 있다. 잔디를 도입하기 전에는 카카오톡을 통해 커뮤니케이션을 하다가 일상과 업무가 분리되지 않는다는 점 때문에 협업을 위한 커뮤니케이션 툴을 조사하다 잔디를 알게 됐다. 커뮤니케이션 툴로 유명한 슬랙도 검토했지만 아무래도 영어 기반이기 때문에 불편한 점이 있다고 생각해 제외했다. 잔디는 무료로 쓸 수 있기 때문에 몇몇 부서가 먼저 시범 테스트를 한 후 UI 편리성과 감성을 표현할 수 있는 이모티콘 스티커 역시 매력적으로 다가와 도입을 결정했다.

와디즈가 말하는 잔디의 가장 큰 장점은 업무와 생활의 분리다. 조직별 토픽방을 만들고 그 방에서만 업무를 진행할 수 있어 일상생활과 업무가 분리되어 공사 구분이 가능해졌고 업무 효율성도 향상됐다. 외부 이벤트를 많이 진행하는 와디즈 특성상 잔디를 통해 많게는 30명까지 직원이 바로바로 커뮤니케이션을 할 수 있어서 편리해졌다고 한다.

게임빌 컴투스 플랫폼도 잔디를 사내 커뮤니케이션 툴로 도입했다. 모회사인 게임빌과 컴투스는 업력이 오래된 게임 회사로 업무에 있어 비효율적인 부분도 많아 이를 개선하려는 차원에서 BPR(Business Process Re-engineering) 프로젝트를 진행했고 잔디도 이 프로젝트의 일환으로 사용하게 됐다. 잔디 도입 후 나타난 가장 큰 변화는 이메일 소통이 절반으로 줄고 비효율적 대면 미팅이 감소했다는 점이다. 잔디로 소통한 후 꼭 필요한 회의만 진행하고 있어 업무 생산성이 향상됐다.

양진호 잔디 CSO는 "직장인은 공사 구분이 없는 개인용 메신저 사용으로 과도한 스트레스를 받고 있고 사업주는 관리가 되지 않는 개인용 메신저 사용으로 업무 인계 불가 또는 보안에 큰 위협을 경험하고 있는데 잔디는 이런 문제를 해결 한다"며 “최근에는 IT, 커머스와 같이 주 업무를 실시간 처리해야 업계뿐 아니라 본사와 현장 소통이 빠르고 기록되어야 하는 제조, 건설 분야에서도 빠르게 도입되고 있다"고 말했다.

- 줌챗하실래요? 줌(ZOOM)

줌은 실리콘밸리를 지역을 거점으로 빠르게 성장하고 있는 영상 컨퍼런스 및 웹 컨퍼런스 툴이다. 줌은 클라우드 기반 영상 솔루션으로 HD 영상과 음질은 물론 지연 없는 통화 품질을 자랑한다. 무료로 제공되는 베이직 플랜은 40분 동안 100명까지 영상 회의에 참여할 수 있어 소규모 스타트업에게도 부담이 없다. 또 회의 중 스크린 자료 공유, 영상 녹화, 그룹 채팅 등 다양한 기능은 물론 PC, 모바일, 태블릿 등 여러 디바이스를 통해 어디서든 회의 참여할 수 있어 편리하다.

최병익 쿨잼컴퍼니 대표는 줌을 활용해 일주일에 1~2회 영상 회의를 진행한다. 최근 미국 실리콘밸리에 본사를 설립한 쿨잼컴퍼니는 한국과 미국을 오가면서 사업을 하고 있어 지사와 원격 회의를 할 때 줌을 사용하고 있다.

최 대표는 실리콘밸리에 와서 줌을 처음 알게 됐는데 그 이후로는 줄곧 줌을 통해 화상 회의를 진행하고 있다고 한다. 딱히 원해서라기보다는 이곳 시장에서 모두 줌을 사용하고 있기 때문이다. 최 대표에 따르면 실리콘밸리에서는 이미 "줌챗(zoom chat)할까?"라는 얘기가 자연스럽게 나올 정도로 줌을 이용한 회의가 활성화되어 있다고 한다. 국내에 있을 때는 스카이프를 썼지만 이곳에서 지내는 몇 개월 동안 스카이프를 통해 진행된 화상 회의는 한 번도 없었다. 그는 "샌프란시스코 지역에 들어서면 엄청 큰 줌 홍보 배너를 볼 수 있는데 그 때 글로벌 시장에서의 줌의 위치를 알 수 있었다"고 말했다. 이런 줌의 인기를 반영하듯 우버,

슬랙 등 실리콘밸리 스타트업이 줌의 대표적 고객으로 알려져 있다.

최 대표는 회사 직원 외에 실리콘밸리 벤처캐피털이나 업체 관계자와도 영상 회의를 진행할 때 줌을 활용한다. VC나 업체와 회사 관련 이야기를 나눌 때는 회의 중 자료를 바로 공유하면서 얘기 나눌 수 있어 편하다. 회의를 진행하면서 인터넷 문제로 영상이 끊긴 적이 없고 사용 방법도 매우 쉽다는 점도 장점이다. 줌을 사용해본 적 없는 사용자에게도 회의 링크만 보내주면 바로 링크를 타고 들어가 회의에 참석할 수 있다. 또 40분 동안은 무료 사용이 가능해 비용적인 면에서도 큰 부담이 없다. 최 대표는 "40분까지 사용하고 새로 링크를 만들면 계속 무료로 쓸 수 있지만 그런 것이 불편해 인원 수 제한은 있지만 시간제한은 없는 다른 영상 회의 툴인 어피어인(Appear.In)을 줌과 병행해 쓰고 있다"고 말했다. 줌은 소규모 스타트업부터 대기업을 위한 다양한 유료 플랜을 제공하고 있어 다수를 대상으로 진행되는 강의나 세미나 등에 활용하기도 적합하다.

최 대표는 "업무 방식의 변화와 함께 원격회의가 늘어나면서 영상회의를 위한 여러 대안 툴이 등장하고 있는데 대부분 무료로 쓸 수 있기 때문에 자신과 상대편이 편하게 사용할 수 있고 지역이나 국가별 트렌드에 맞는 툴을 선택하면 될 것"이라고 말했다.

- 구글표 영상채팅툴, 행아웃 미트(Hangout Meet)

행아웃 미트는 구글이 운영하는 영상 채팅 툴로 구글 G스위트를 협업 툴로 사용하는 스타트업이라면 가장 쉽게 접근할 수 있는 영상회의 툴이라고 볼 수 있다. 구글 서비스 패키지에서 바로 사용할 수 있다는 편리성은 영상 통화나 영상 회의를 할 때 다른 옵션을 생각하지 않아도 될 만큼 뛰어나다. 이처럼 행아웃 미트는 G스위트 서비스와 통합해 사용할 수 있어 편하다는 것이 가장 큰 장점이다. 구글 캘린더에 회의 일정을 등록하면 알람을 통해 언제 어디서 누가 회의에 참여하는지 받아볼 수 있다.

맞춤형 속옷을 제작하는 스타트업 럭스벨은 행아웃과 행아웃 미트를 사용해 외부 업체나 직원과 회의를 진행한다. 본사와 영업팀은 서울에 있지만 기술 개발팀은 대구에서 근무하고 있어 일주일에 한번 전체 회의를 행아웃 미트를 통해 진행한다. 가끔 급할 때는 카카오 화상 통화를 사용하지만 연결 불안전성 탓에 회의에는 무조건 행아웃을 이용한다.

김민경 럭스벨 대표는 "구글 서비스를 사용하고 있어 자연스럽게 행아웃을 화상 회의 툴로 쓰게 됐고 무료이기 때문에 소규모 스타트업에게는 부담이 적다"고 말했다. 또 회의 중 자료 공유도 바로 스크린에서 가능하고 채팅 기능 제공과 웹, 모바일에서도 불편함 없이 영상 회의를 진행할 수 있어 이동 중에도 바로 참여할 수 있어 좋다.

행아웃 미트를 회의용으로 사용하는 스타트업 대부분은 G스위트를 유료로 사용하고 있다. 이미 비용을 주고 구글 패키지를 사용하고 있는 상황에서 굳이 따로 외부 영상 회의 툴을 찾을 필요가 없다는 입장이다. 무료로 제공되는 베이직 플랜은 한 번에 최대 25명이 참여할 수 있어 인원수에도 큰 제약이 없고 회의를 할 때 인터넷 끊김도 전혀 없어 사용하는데 무리가 없다. 회의 인원이 늘어날 경우에는 기업용이나 교육용 유료 플랜을 선택하면 50명 이상 회의에 참여 가능하지만 스타트업은 그런 경우가 적어 무료인 베이직 플랜을 사용하는 경우가 대부분이다.

프로젝트 관리를 위한 협업툴

• 소규모 팀에 적합한 간결함, 트렐로(Trello)

트렐로는 칸반(Kanban; 업무 설계 게시판) 스타일 프로젝트 관리툴로 간결함이 강점으로 삼는다. 도요타 자동차 생산시스템에서 유래한 용어인 칸반은 업무 흐름을 시작부터 끝까지 시각화해 보여줘 프로젝트 관리 효율성을 높이는 업무 방식이다. 포스트잇에 할 일을 적어놓고 업무 우선순위나 상태에 따라 옮겨 붙이는 경험을 웹상에서 구현해냈다고 생각하면 쉽다.

트렐로는 이런 칸반의 원칙을 따라 크게 보드, 리스트, 카드를 작성하고 업무 사항을 담은 카드를 일 진행 상황에 따라 확인할 수 있게 했다. 트렐로는 다양한 기능을 제공하는 전문 툴이라기보다는 누구나 쉽게 이해하고 사용할 수 있는 협업 툴로 여겨진다. 이런 높은 접근성 때문에 트렐로는 개발자뿐 아니라 프로젝트를 진행하는 기획자, 디자이너, 마케터 등 다양한 직군에서 활발하게 사용하고 있다.

미국 뉴욕에 본사가 있는 헬스케어 스타트업 눔의 한국 지사인 눔코리아는 트렐로를 통해 프로젝트를 관리하고 있다. 눔코리아의 경우 전 부서가 리모트워크를 허용하고 있어 외부에서도 원활한 커뮤니케이션이 가능한 협업툴에 대한 의존도가 큰 편이다. 대면 회의 등을 목적으로 의무적으로 출근해야 하는 날을 제외하고는 대부분 협업툴을 활용해 업무 진척 상황을 보고하고 커뮤니케이션 하고 있다. 국내에서는 트렐로를 사용하며 뉴욕 본사 직원과 협업할 때는 아사나를 사용한다.

눔코리아는 트렐로를 도입하기 전에는 구글의 문서도구인 구글독스를 이용해 팀별로 업무 분장, 관리 및 보고를 했다고 한다. 트렐로를 도입하게 된 이유는 구글독스에 프로젝트를 기록하는 방식에 딱히 문제가 있었다기보다는 직원이 늘어나면서 업무 효율성을 높여보자는 내부의 필요성에 의해서다. 처음에는 직원 사이에서 툴 사용에 대한 거부감도 있었다. 구글독스로도 충분히 잘 해왔는데 트렐로를 굳이 왜 써야 되는지 내부적으로 합의가 필요해 시험적으로 도입해본 뒤 반응이 좋아 2년 넘게 사용하고 있다.

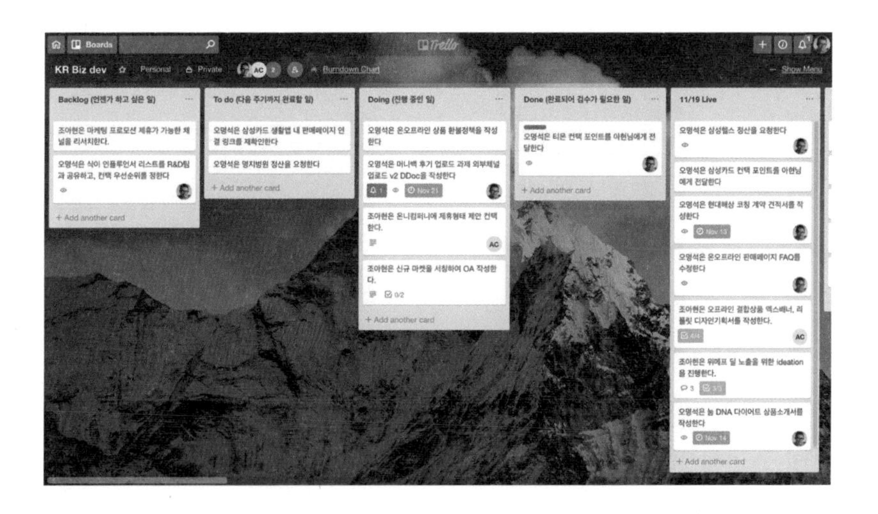

눔코리아는 내부에서 합의한 스타일에 따라 트렐로를 사용하고 있다. 팀마다 보드를 만들고 리스트는 단계별로 'Backlog, To Do, Doing,

Done, Live' 순서로 정리한다. Backlog는 인원과 리소스가 충분하다면 하고 싶은 일을 적어놓는 리스트이며 나머지는 영어 뜻 그대로 해야 할 일, 하고 있는 일, 완료된 일 순서로 리스트를 작성한다.

각 리스트 아래 카드를 생성해 업무 세부 사항을 적고 업무가 진행되는 흐름에 따라 카드를 리스트를 따라 차례로 이동시키며 업무를 진행한다. 매주 월요일 팀원들이 모여 회의할 때 금주의 해야 할 업무를 나열한 카드를 To Do 리스트에 카드로 적고 전 주에 있었던 일 중 완료된 업무 카드는 Live로 옮겨 주마감을 한다. 그 주에 완료했어야 했지만 마무리하지 못한 일은 색깔 라벨을 붙여 기록하고 계속 팔로우한다.

눔코리아 오명석 사업 개발 팀장은 트렐로의 장점으로 팀원에게 일을 할당하고 팀원 업무 부하를 확인하는 것이 편리하다는 점과 무료로 필요한 기능을 모두 쓸 수 있다는 점을 꼽았다. 트렐로에서는 팀원이 업무당 시간이 얼마나 걸리는지 직접 적어 넣을 수 있다. 이렇게 업무에 필요한 시간을 알게 되면 관리자는 팀원의 업무 부하를 보고 업무를 줄여주거나 늘리는 등 업무 강도를 조절해 줄 수 있어 편리하다. 트렐로는 무료, 비즈니스 클래스, 엔터프라이즈 세 가지 가격 플랜을 제시한다. 사용 인원과 사용 용량이 많지 않다면 무료 플랜을 사용해도 충분히 업무 효율을 높이는데 도움이 된다.

오 팀장에 따르면 트렐로는 소규모 팀에 적합한 툴이다. 4명 이상 팀원을 관리할 때는 작성해야할 카드가 늘어나서 업무를 한눈에 파악하는데 어려움을 겪을 수 있기 때문. 그럴 때는 실시간 커뮤니케이션이 가능한 슬랙과 연동해 업무를 정리하기도 한다. 슬랙의 맨션 기능을 통해 팀원을 부르고 트렐로를 연동해 프로젝트 마감 날짜를 상기시키는 식으로 활용하는 것이다. 트렐로는 슬랙, 구글드라이브 등 외부 서비스와도 연동이 원활하지만 2017년 협업툴 소프트웨어 개발사 아틀라시안에게 인수되면서 아틀라시안이 개발한 지라, 컨플루언스 등 다른 툴과 통합해 사용할 수 있다는 것도 장점으로 꼽힌다.

• 반복업무·다수 관리에는 베이스캠프(Basecamp)

베이스캠프는 프로젝트 관리 및 업무 계획 수립 그리고 일정 관리까지 한 툴 안에서 가능한 협업툴로 관리자가 한 곳에서 전사 관리를 할 수 있다는 것이 특징이다. '정보를 수집하는데 들어가는 시간을 절약하자'라는 모토에 충실한 베이스캠프는 슬랙의 채팅 기능, 드롭박스의 파일 저장 기능, 아사나의 투두 리스트 기능, 구글 G스위트의 일정이나 구글독스 기능을 모두 베이스캠프라는 한 가지 툴에서 제공한다는 것을 강점으로 내세우고 있다.

채팅을 통한 영어 교육을 제공하는 텔라(tella)는 우간다와 필리핀에 거주하고 있는 외국인 영어 교사와 베이스캠프를 통해 협업을 진행하고 있다. 내무 프로젝트 관리에도 사용하고 있지만 주로 해외 거주 교사와 실시간 대화를 나누거나 업무 지시나 일정 관리를 위한 목적으로 베이스캠프를 적극 활용한다. 베이스캠프를 사용하기 전 텔라는 트렐로, 아사나, 지라 등을 업무 관리용 툴로 사용했다고 한다. 하지만 외국인 교사들이 사용 방법을 익히는데 어려움을 겪어 직관적인 UX를 가진 협업툴을 찾다가 베이스캠프를 발견했다. 직원이 아닌 일부 업무만을 담당하는 해외 교사에게 여러 협업툴을 쓰라고 요청할 수 없었기 때문에 한 툴 안에서 제공하는 기능이 많은 제품을 찾다보니 베이스캠프가 적격이라고 판단했다.

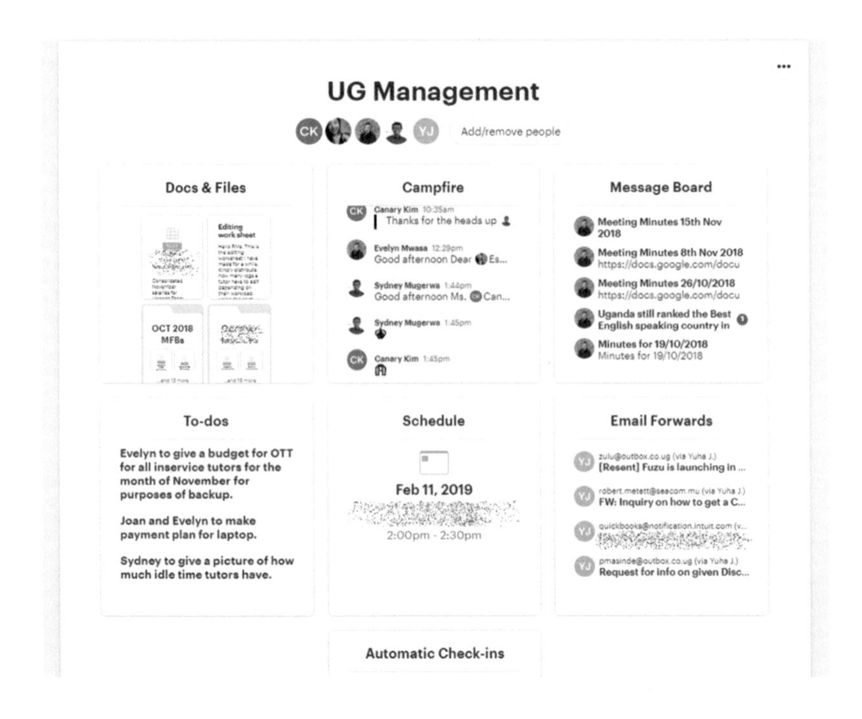

진유하 텔라 대표는 "베이스캠프는 교사를 관리하는데 딱 필요한 기능만 제공하고 있고 관리자 입장에서 한 곳에서 어떤 일이 일어나고 있는지 전사 관리가 가능하다는 점이 좋다"고 말했다. 현재 베이스캠프는 한국어 서비스가 제공되지 않지만 툴 내에서 모든 업무를 영어로 진행하고 있는 텔라는 교사와 교류하는데 어려움이 없고 교사도 베이스캠프의 사용방법과 기능을 쉽게 익혀 만족스럽게 사용하고 있다.

베이스캠프에 로그인하면 디폴트 메뉴인 팀과 프로젝트 메뉴 아래 원하는 이름의 카드를 생성할 수 있게 되어있다. 생성한 카드 안으로 들어가면 캠프파이어(채팅 룸), 메시지보드, 투두(ToDo list) 스케줄, 문서 및 파일 저장 등 각 기능에 맞게 업무 내용을 적을 수 있다. 베이스캠프는 회사별 이름을 붙인 HQ를 제공하는데 HQ에 들어가면 모든 직원이 회사 내에서 진행되고 있는 모든 업무를 한눈으로 살펴볼 수 있어 전사관리가 가능하다. 또 핑(Ping) 기능을 통하면 누구와도 1:1 대화가 가능해 업무 지시나 상황 보고를 실시간으로 진행할 수 있다.

텔라는 월 99달러짜리 플랜을 사용한다. 내부 직원 다섯 명이 사용하기에는 다소 비싼 것 같지만 해외 교사 50여 명을 관리하는 입장에서는 무리가 없다. 99달러 플랜은 사용자 수를 무제한으로 늘릴 수 있어 지속적으로 관리 교사가 늘어난다고 했을 때 텔라 입장에서는 오히려 이득이다. 또 보통 협업툴은 사용자 수 또는 사용 용량에 따라 과금을 하는데 베이스캠프가 제공하는 기능과 이용 가능한 인원수에 대비하면 감수할 만한 비용이다.

진 대표에 따르면 베이스캠프는 업무의 진척 사항을 계속 확인해야하는 프로젝트성 업무보다는 반복되는 루틴한 업무를 관리하는 데 적합하고 다수를 관리할 목적으로 활용한다면 최적의 툴이다. 텔라는 베이스캠프와 함께 주 1~2회 정도 진행하는 영상회의를 통해 교사를 관리하는데 커뮤니케이션이나 업무 지연 등의 문제를 크게 경험한 적이 없다. 그는 "협업에 적합한 툴을 정말 많이 찾아보고 실제 사용해보니 일단 내부에 도입을 해보고 팀원의 적응도를 먼저 보는 것이 좋고 업무 성향과 직군별로 선호하는 툴이 있을 수 있으니 그에 맞게 적합한 툴을 도입을 하는 것이 좋다"고 전했다.

- **기능별 최적화가 장점, 지라(JIRA)**

호주 협업툴 소프트웨어 업체 아틀라시안이 개발한 지라는 이슈 관리에 특화된 프로젝트 관리툴로 소프트웨어를 개발하는 애자일 팀에 최적화되어 있다. 지라는 에자일 팀에게 적합한 스크럼 보드와 칸반 보드를 제공하는 데다 워크플로우, 리포팅, 대시보드 등을 원하는 데로 최적화할 수 있어 프로젝트 진행 상황을 효율적으로 관리하는 것이 가능하다.

모바일 잠금화면 서비스를 제공하는 버즈빌 개발팀은 지라를 활용해 개발 프로젝트를 관리하고 있다. 버즈빌은 프로젝트 관리 툴로 트렐로를 5년간 사용하다 직원이 늘어나면서 지라로 툴을 바꿨다. 트렐로는 업무 진행 상황을 카드 형태로 관리하는 데 개발자 수가 증가하고 한 사람이 여러 프로젝트에 개입되는 사례가 늘어나자 보드 하나로 모든 카드를 관리하기가 어려워진 것이다. 프로젝트와 그 안에 이슈가 많아지면서 관련 내용을 검색하는 것도 어려워지자 내부적으로 새로운 툴에 대한 필요성이 대두됐고 여러 프로젝트 관리 툴 중 지라를 선택해 쓰고 있다. 처음에는 업무 책임자를 지정할 수 있는 어사이니(Assignee) 기능이 좋아 지라를 도입해 지금까지 불편함 없이 사용하고 있다.

서주은 버즈빌 CTO는 지라의 강점으로 각자 프로젝트 운영 방식에 맞게 기능별 최적화가 가능하다는 점을 꼽았다. "지라는 원하면 카드 형태도 볼 수 있고 리스트 형태도 볼 수 있고 원하는 카드만 보는 것도 가능하다"는 것, 예를 들면 흩어져있는 프로젝트 안의 이슈 중 내게 할당된 것들만 한 곳에서 보고 싶다면 그렇게 최적화해서 볼 수도 있다. 또 트렐로는 누가 이 업무를 책임져야 하는지 담당자를 표시하는 기능을 제공하지 않았다면 지라에서는 명시적으로 카드 업무를 처리해야할 담당자가 누구인지 지정할 수 있어 관리자나 과제 책임자는 헤매지 않고 업무를 처리할 수 있다.

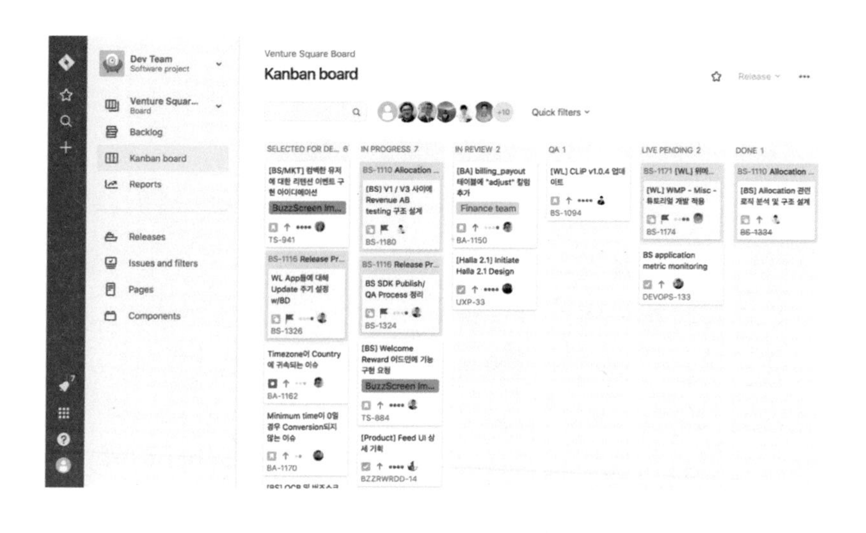

또 이슈관리에 특화된 툴 인만큼 이슈 검색이 쉽다는 것도 지라의 장점이다. 지라는 검색을 위한 전용 언어인 JQL(Jira Query Language)을 제공한다. 이를 통해 기본 검색으로는 찾을 수 없는 정보도 쿼리로 짜서 검색이 가능해 쉽게 원하는 정보를 얻을 수 있다. 서 CTO는 "어떤 팀원은 2주 만에 미팅할 때가 있고 어떤 팀원은 3주 만에 할 때가 있다. 각각 그전에 완료한 과제가 무엇인지 확인하는 것이 중요한데 이럴 때는 검색을 통해 업무 진행 상황을 확인할 수 있어서 편리하다"고 말했다.

버즈빌 개발팀은 업무 효율성을 향상시키기 위해 위키 기반 협업툴 컨플루언스(confluence)를 지라와 연동해 사용하고 있다. 컨플루언스는 지라를 만든 아틀라시안의 또 다른 협업툴로 이 두 가지 툴을 동시에 사용함으로써 업무 효율성을 극대화하고 있다.

서 CTO는 지라의 단점으로 기본적으로 처음 쓸 때는 설정되어 있는 것이 없어 초기 설정 비용이나 관리 비용이 높다는 것을 꼽았다. 트렐로는 보드, 리스트, 카드만 만들면 되지만 트렐로의 기능을 지라에서 똑같이 만들고 싶다고 하면 워크플로우를 직접 만들고 보드를 생성해야하는 등 장벽이 존재한다는 것이다.

이 같은 단점에도 지라가 가진 프로젝트 관리의 효율성 때문에 다른 대안 툴 대신 지라를 사용하고 있다. 서 CTO는 "프로젝트 관리 툴을 사용하는 이유는 관리보다는 협업을 잘하기 위함이고 이를 위해서는 모든 팀원이 진행되고 있는 프로젝트의 과정을 지켜볼 수 있어야 하는데 이런 면에서 지라는 효과적"이라며 "개발팀, 제품팀, 디자이너팀에게는 적합한 툴"이라고 말했다.

• 태스크 중심 프로젝트 관리, 아사나(ASANA)

페이스북 공동설립자 더스틴 모스코비츠가 만든 웹기반 협업툴로 유명한 아사나는 할 일(Task)을 중심으로 프로젝트를 관리할 수 있게 해준다. 아사나는 칸반 보드처럼 업무 상황을 한눈에 살펴보거나 캘린더 기능을 통해 프로젝트를 흐름을 볼 수도 있다.

커넥티드 웨어러블 솔루션 스타트업 리니어블은 아사나를 통해 프로젝트를 관리한다. 조직이 커지면서 관리의 필요성이 커져 협업툴을 찾게 됐고 회사 내에서 커뮤니케이션 툴로 사용하고 있는 슬랙과 연동해 사용하기에 아사나가 가장 적합하다고 봤다. 기타 협업툴 가운데 아사나를 선택한 이유는 트렐로는 쉽지만 기능적으로 너무 가볍고 지라는 사용하기 복잡해서다. 개발중심 기업이라 개발자에게 특화된 툴을 사용할 수도 있지만 전사가 사용하기에 적합한 툴을 찾다 도입한 게 아사나다. 처음 아사나를 도입했을 당시 직원들이 기능을 익히는 데 헤매긴 했지만 팀간 업무 공유가 늘어나면서 자연스럽게 아사나 방식에 적응하게 됐다.

리니어블은 내부 매뉴얼 등을 비롯해 모든 정보를 아사나에 저장해 공유하고 있으며 구글드라이브에 내용을 저장하고 아사나에는 드라이브 링크만 공유하는 경우도 많다.

아사나는 팀에서 업무를 분배할 때 프로젝트 관리자가 업무 책임자를 지정하는 것이 편하고 관련 업무를 정리(Summary)해서 보여준다는 것이 특징이다. 아사나가 새롭게 선보인 타임라인 기능은 업무 시작과 마감날짜를 기준으로 업무 흐름을 시각적으로 볼 수 있어 관리자 입장에서 업무를 한눈에 파악하기 편하다.

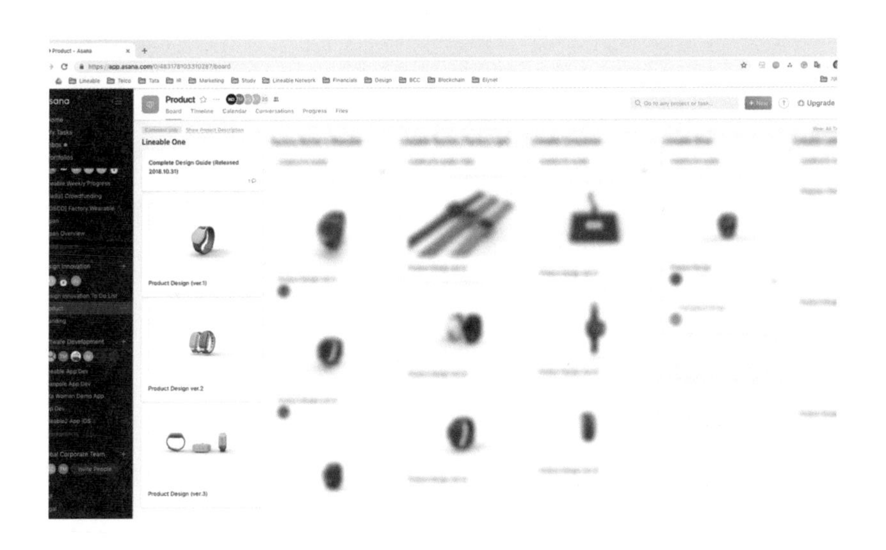

문석민 리니어블 대표는 "관리하는 프로젝트가 많아지면 업무의 디테일보다는 일정과 대략적인 내용이 궁금한데 아사나의 타임라인 기능에 모인 정보를 보면서 담당자에게 설명을 듣다보면 업무를 빠르게 이해할 수 있다는 장점이 있다"고 전했다.

팀원들은 아사나를 사용한 후 외부 기업과 협업하기 편해졌다고 좋아한다고 한다. 아사나로 프로젝트를 만든 후 외부 협력 업체 담당자와 공유하면 업체 쪽에서 업무 진척상황을 바로 바로 확인할 수 있어 일일이 문의를 하는 경우가 줄어들었기 때문. 리니어블 입장에서도 프로젝트에 관련된 보고서를 따로 제출하지 않고 업무 진행 상황을 보여줄 수 있어 효율적이다. 또 언제까지 업무를 완료할 것이라고 마감 날짜를 기록하면 자동으로 간트 차트를 생성해서 시각적으로 보여주기 때문에 한눈에 프로젝트 진행 상황과 일정을 볼 수 있어서 편하다.

아사나는 무료버전으로 쓸 수 있지만 아사나가 자랑하는 타임라인, 포트폴리오 기능 등 주요 핵심 기능은 사용이 제한되어 있어 효율적인 업무 관리를 위해서는 유료 플랜을 쓰는 것이 좋다. 리니어블 경우도 유료 플랜을 사용하고 있다. 문 대표는 "툴은 일단 이것저것 써봐야 회사와 잘 맞는 것이 무엇인지 아는 것 같다. 우리의 경우 가장 많이 활용하고 있는 슬랙과 연동이 잘되고 팀원들이 쉽게 받아드릴 수 있어야 했기에 아사나를 도입했으나 전사가 모두 써야할 협업툴의 경우엔 회사 성격과 직군별 특성을 고려해서 선택해야한다"고 말했다.

- 올인원 클라우드 패키지, G스위트(G-Suite)

구글이 제공하는 클라우드 기반 생산성 서비스 패키지인 구글 G스위트는 스마트워크 환경에 최적화된 협업 도구다. G스위트는 무엇보다 지메일, 구글드라이브, 캘린더, 행아웃 등 구글이 제공하는 여러 서비스를 한 곳에서 통합 사용할 수 있다는 것이 강점이다. 이를 통해 리모트워크를 가능하게 하는 커뮤니케이션과 협업 기능을 패키지 하나 안에서 누릴 수 있는 것이다. 그래서인지 유료 서비스임에도 불구하고 국내에서

G스위트를 사용하지 않는 스타트업을 찾는 것이 힘들 정도로 G스위트의 인기는 굉장히 높은 편이다.

이들이 G스위트를 사용하는 이유 첫째는 구글 이메일을 활용해 회사 계정 이메일을 만들기 위함이고 둘째는 구글드라이브에 각종 사내 정보들을 기록한 문서와 자료를 저장하기 위해서다.

G스위트는 기본적으로 베이직, 비즈니스, 엔터프라이즈의 세 가지 가격플랜을 제공한다. 인당 각각 월 5, 10, 25달러이며 플랜마다 제공되는 서비스 수준이 다르지만 대부분 인당 30GB 구글드라이브 저장 용량을 제공하는 베이직 플랜만으로도 충분히 구글이 제공하는 서비스를 활용하는데 무리가 없다.

G스위트 같은 클라우드 기반 서비스는 사실 리모트워크에 매우 효율적이다. 과거에는 중요한 정보가 누군가의 컴퓨터에만 저장되어있어 직접 대면하지 않으면 얻을 수 없었다면 G스위트를 통하면 장소와 관계없이 모든 정보 공유가 가능해지기 때문이다. 또 구글이 제공하는 행아웃미트를 통해 원격으로 회의를 진행할 수 있는데 리모트워크 기업에게는 매우 유용한 기능이다. 구글 캘린더에 일정을 입력해놓으면 자동으로 알람이 오기 때문에 편리하고 따로 유료 영상 회의 툴을 구입할 필요도 없다.

G스위트 중 가장 유용하게 사용되는 기능 중 하나는 바로 캘린더 기능이다. 개인 캘린더 뿐 아니라 팀별, 프로젝트별 캘린더를 생성해 서로의 일정을 공유할 수 있으며 다른 서드파티 협업툴과도 호환이 잘돼 활용도가 높다. 이와 더불어 구글 문서도구와 구글드라이브도 가장 많이 활용하는 기능이다. 클라우드 기반 구글 문서도구는 웹상에서 여러 사람이 참여해 볼 수도 있고 수정과 업데이트 등 정보의 변화에도 즉각적으로

반응하고 대응을 할 수 있어 활용도가 높다. 기업 내 모든 중요한 서류는 구글드라이브에 저장해 필요할 때마다 찾아 볼 수도 있다.

일부 미디어의 경우 구글드라이브를 통해 기사 데스크를 보기도 한다. 현장에 나가있는 기자가 현장에서 구글독스를 활용해 기사를 작성하고 업로드를 하면 사무실에 있는 편집장이 바로 글과 사진을 확인해 수정하고 추가해야 할 부분은 댓글로 적어 현장 기자와 바로 소통한 후 최종적으로 업데이트된 기사를 발행하는 식이다. 개인 메신저로 소통하는 것이 아니라 문서의 댓글 기능을 통해 실시간 소통해 빠른 의사 결정과 빠른 기사화가 가능해져 업무 효율성은 올라가게 된다.

물론 구글 G스위트 제공 기능 중 행아웃챗, 구글플러스, 구글킵 등 일부는 활용도가 매우 떨어진다. 하지만 자주 사용하는 기능의 효과와 유용성이 뛰어나 사용하지 않는 기능에 대한 불만이 없다는 것이 G스위트 사용자 대부분의 의견이다.

기타 협업툴

- **이슈 기반 토종 협업툴, 콜라비(collab.ee)**

콜라비는 실제 업무가 이슈 공유→할 일 할당→토론→결과물 공유 및 피드백→최종결과물 공유의 흐름으로 이뤄진다는 것을 바탕으로 만든 국내 토종 협업툴이다. 메신저 기반 협업툴은 일 흐름을 깨고 집중력을 떨어뜨린다고 보고 이슈 기반 협업툴을 제공해 팀원이 일의 흐름에 따라 커뮤니케이션할 수 있게 돕는다.

콜라비는 자신과 관련한 업무만 이슈별로 정리해 볼 수 있는 뉴스피드뿐 아니라 프로젝트별 진행 상황을 칸반 형태로도 제공해 한눈에 업무 상황을 살펴볼 수 있다. 콜라비가 자랑하는 기능 중 하나는 검색기능으로 떠오르는 단서 하나만으로 원하는 정보를 10초안에 찾을 수 있다. 또 국내 기업이기 때문에 처음 협업툴을 사용하는 기업이라면 무료 컨설팅을 요청해 도움을 받을 수 있는 장점이 있다.

- **10명까지 무료 영상 회의를, 스카이프(Skype)**

스카이프의 그룹 영상 통화 서비스는 무료로 화상 회의를 가능하게 하는 서비스로 회원 가입 후 바로 사용할 수 있다. 스카이프 화상 회의에 참여하는 모든 사람이 최신버전의 스카이프를 설치해야한다는 장벽이 있지만 10명까지 화면을 공유하며 시간에 제약 없이 무료로 사용할 수 있어 소규모 기업이 사용하기에 적합한 영상 회의 툴이다.

- **위키 방식 정보 공유툴, 컨플루언스(Confluence)**

지라를 개발한 아틀라시안이 만든 위키 형식의 협업툴이다. 주로 개발자들이 개발 히스토리를 기록하고 공유하기 위한 용도로 많이 사용하지만 전사적으로 문서 기록용으로 활용되기도 한다. 새로운 프로젝트에 투입되는 사람들에게 기존의 업무 히스토리를 보여주거나 신입사원이 들어왔을 때 회사의 히스토리를 설명 할 때 유용하게 활용된다. 같은 목적으로 구글독스의 문서툴을 사용하는 기업도 많지만 구글독스는 검색이 어렵다는 단점이 있다. 컨플루언스는 위키 형식으로 인덱싱이 잘 되어있어 필요한 정보를 쉽게 찾아갈 수 있게 해 놨다. 또 문서에 구글독스와는 달리 문서에 업데이트나 변화가 생길 경우에 관련자에게 알람이 가게 되어있어 정보를 놓칠 경우도 적고 정보 공유도 잘된다는 장점이 있다.

- **에버노트는 가라, 올인원 메모맵 노션(Notion)**

에버노트를 대체할 수 있는 대항마로 떠오르고 있는 올인원 메모앱이다. 귀여운 디자인과 사용 가능한 기능이 많다는 것이 최대 장점이다. 일반 노트처럼 페이지를 열고 글을 쓰다가 '/'를 입력하면 헤더, 불릿, 표, 보드, 투두 리스트, 이미지, 영상, 오디오, 파일 등 여러 가지 모듈을 한 페이지 안에 추가해 넣을 수 있다.

노션은 개인이 쓰기도 하지만 칸반 스타일로 할 일과 이슈를 기록할 수 있고 담당자 지정 기능 및 마감일도 설정할 수 있어 소규모 프로젝트 협업툴로도 활용될 수 있다. 또 위키 방식의 컨플루언스처럼 기록을 목적으로 활용되기도 하는데 컨플루언스보다 사용이 쉬울 뿐더러 기능도 더 다양하게 제공하고 있어 개인 기록용 또는 프로젝트 기록용으로도 적합하다. 노션은 PC와 모바일에서도 무료로 사용이 가능하지만 용량

제한이 있어 4달러부터 시작하는 유료 플랜으로 전환해 사용하는 게 보통이다.

- 개발자·디자이너를 위한 툴, 제플린(Zeplin)

디자이너가 개발자나 다른 부서 팀원과의 원활한 커뮤니케이션을 위해 사용하는 협업툴이다. 제플린은 디자이너가 개발자를 위해 만드는 가이드 문서를 제작하는데 들어가는 시간을 줄여주고 이미지 형태로 설계한 디자인을 개발자가 코드로 변환하는 과정에서 발생하는 커뮤니케이션 오류 문제를 해결해준다. 디자이너는 디자인과 실제 개발 결과물의 차이가 있는 경우가 많아 개발자를 위한 가이드를 제작하는데 제플린을 사용하면 개발할 때 달라질 수 있는 디자인 위치, 색 등을 일일이 가이드할 필요 없이 스스로 알아서 구현해주기 때문에 편하다.

- 네이버 스타일 클라우드 협업툴, 라인웍스(LINE Works)

네이버의 자회사 웍스모바일이 만든 모바일 중심 업무 협업툴로 네이버와 계열사가 사내 그룹웨어로 사용하고 있다. 네이버와 동일한 UX/UI를 제공해 네이버를 사용해본 경험이 있다면 빠르게 적응해 사용할 수 있다.

라인웍스가 제공하는 기능은 메시지, 캘린더, 주소록, 드라이브, 메일 등으로 클라우드 기반 라인웍스 내에서 모든 업무 협업이 가능하고 라인과 연동할 수 있어 조직 내 구성원은 물론 사내 외 파트너와도 쉽게 소통할 수 있다는 점이 강점이다.

리모트워크 이슈와 해결

스타트업은 특성상 정형화된 기존 사업방식에서 탈피해 새로운 비즈니스 모델, 새로운 조직 운영 방식을 추구한다. 이런 일환 중 하나가 리모트워크다. 고정된 장소에서 고정된 시간 동안 일하는 기존 방식에서 탈피한 비정형 근무방식이다. 그런데 우린나라 노동 관련법은 다른 법보다 엄격하고 형식을 갖춰야 할 부분이 많다. 리모트워크에 대해 법적으로 문제가 되는 점은 없을까.

• 리모트워크, 도입하려면 어떤 법적 절차 필요할까

노무법인 유앤 박용호 공인노무사는 리모트워크, 원격근무제는 "근로자가 근로시간 전부 또는 일부를 회사가 제공하는 통산 사무실이 아닌 장소에서 정보통신기기를 이용해 근무하는 형태"이며 재택근무제는 정보통신기술을 활용해 자택에 업무 공간을 마련하고 업무에 필요한 시설과 구축한 환경에서 근무하는 유연한 근무 형태를 말한다고 설명한다.

회사가 이 같은 원격근무나 재택근무 같은 유연근무제를 도입하려면 근무 장소 변경과 근무 시간 운영에 대해 내용에 대해 개별 근로자와 합의가 반드시 필요하다. 근무 장소와 근무시간 운영 기준이 달라지면 취업규칙 변경 절차도 진행해야 하는 건 물론. 또 근로자 대표와의 합의로 업무에 필요한 시간을 정할 경우에는 근로자 대표와 서면 합의도 반드시 필요하다.

먼저 근로계약서는 기업이 일상적으로 운영하는 원격 혹은 재택 근무제 일자리에 근로자를 채용한다면 근무 장소가 근로자의 원격 사무실이나 집이라는 점을 명시해야 한다. 또 사무실을 주된 근무 장소로 하면서 일정 빈도나 시간을 원격 혹은 재택근무 방식으로 근무하게 해도 주된 근무 장소와 함께 일정 빈도, 시간을 주된 근무 장소 외 장소에서 근무할 수 있다는 내용을 명시해야 한다.

예를 들자면 재택근무규정 중 근무 장소 조항을 만들어 "① 재택근무를 원칙으로 하며, 주 1회 월요일 출근 및 업무보고를 원칙으로 한다. ② 자택 외 근무가 필요한 경우, 소속 부서장에게 사전에 신고하여 허가를 얻어야 한다. ③ 신고 및 업무보고는 Email 또는 전화를 통한다."는 식이 될 수 있다.

다만 근로계약서는 근무 장소와 근로 시간, 주휴일 등 통일된 근로 조건에 대해선 취업 규칙이나 단체 협약 등에 따른다고 규정하는 경우가 많다. 따라서 근로계약에 명시되어 있지 않은 사항이라도 취업 규칙에 명시되어 있고 이를 해당 근로자에게 주지시킨다면 명시의무를 이행한 것으로 인정된다.

다음은 취업 규칙 변경이다. 원격 혹은 재택 근무제를 하는 근로자와 통상 근로자를 비교해 근무 장소 외에 다른 근로 조건에 변경이 없다면 해당 근로자의 개별 동의를 받아 실시하는 것만으로도 가능하다. 하지만 해당 사업 또는 사업장의 근로자 전체를 대상으로 일괄적으로 원격, 재택근무를 시행하는 경우에는 취업 규칙을 바꿔야 한다.

이럴 경우라면 예를 들어보자면 취업규칙에 원격근무제 조항을 만들고 "① 직원은 업무에 지장이 없는 범위 내에서 합리적 사유 등으로 필요하다고 인정되는 경우 별도로 지정된 장소에서 근무할 수 있다. ② 원격근무제는 재택근무와 스마트워크근무로 구분한다. ③ 원격근무제를 실시하는 근로자의 근로시간은 1일 8시간을 근로한 것으로 본다. 다만 수행업무에 따라 근로시간을 별도로 정할 수 있으며, 근로자대표와 서면 합의로 근로시간을 정한 경우에는 이에 따른다." 같은 형태로 넣을 수 있다.

세 번째는 근로자 대표와의 합의다. 현행 근로기준법은 사무실 밖에서 근무가 이뤄지는 근로자에 대해 근로자 대표와의 서면 합의로 근로시간을 정할 수 있는 규정을 두고 있다. 여기에서 근로자 대표란 근로자 과반수로 조직된 노동조합이 있는 경우라면 해당 노동조합, 근로자 과반수로 조직된 노동조합이 없다면 근로자 과반수를 대표하는 자를 말한다. 다만 근로기준법상 사용자 범위에 포함되는 자는 근로자 대표가 되거나 선출할 수 있는 근로자 범위에서는 빼야 한다.

따라서 근로자 근무시간을 측정하는 게 쉽지 않은 원격 혹은 재택근무제를 시행하는 기업이라면 통상 업무 수행에 필요한 근무시간과 함께 근무 장소, 적용 대상자 등에 대해 내용을 합의로 포함시킬 수 있다.

• 리모트기업, 근로계약서는 어떻게 작성할까

일단 리모트워크는 근로기준법에 정의된 법적용어가 아니다. 리모트워크는 원격 근무제라고 표현할 수 있는데 이는 장소적 의미만 담겨 있는 것 같지만 현실적으로 시행되는 리모트워크는 근로 장소뿐 아니라 근로시간 유연화를 포함하고 있다.

하지만 현재 우리나라 근로기준법을 비롯한 노동 관련법에서는 근로시간 유연화에 대한 규정만 법적 근거가 있고 근로 장소 유연화에 대한 법적 규정은 존재하지 않는다. 그렇다면 근로 장소의 유연화 그러니까 원격 근무는 법적으로 허용되지 않는 것일까. 결론적으로 말하자면 아니다. 허용된다. 다만 당연히 기존 근로기준법 내용을 준수해야 한다.

현재 리모트워크와 관련한 법제 상황은 근로 시간 유연화에 관한 것뿐이다. 따라서 근로 장소에 관한 내용은 근로자와 사용자가 마음대로 정할 수 있지만 근로시간에 관한 내용은 반드시 근로기준법에 있는 요건을 준수해야 한다.

근로 시간 유연화의 종류는 탄력적 근로시간제(근로기준법 제51조), 선택적 근로시간제(근로기준법 제52조[1]), 재량근로시간제(근로기준법 제58조[2]), 시간제근무(근로기준법 제2조, 제18조)다.

---

1) 제52조(선택적 근로시간제) 사용자는 취업규칙(취업규칙에 준하는 것을 포함한다)에 따라 업무의 시작 및 종료 시각을 근로자의 결정에 맡기기로 한 근로자에 대하여 근로자대표와의 서면 합의에 따라 다음 각 호의 사항을 정하면 1개월 이내의 정산기간을 평균하여 1주간의 근로시간이 제50조 제1항의 근로시간을 초과하지 아니하는 범위에서 1주간에 제50조 제1항의 근로시간을, 1일에 제50조 제2항의 근로시간을 초과하여 근로하게 할 수 있다.

1. 대상 근로자의 범위(15세 이상 18세 미만의 근로자는 제외한다)
2. 정산기간(1개월 이내의 일정한 기간으로 정하여야 한다)
3. 정산기간의 총 근로시간
4. 반드시 근로하여야 할 시간대를 정하는 경우에는 그 시작 및 종료 시각
5. 근로자가 그의 결정에 따라 근로할 수 있는 시간대를 정하는 경우에는 그 시작 및 종료 시각
6. 그 밖에 대통령령으로 정하는 사항

2) 제58조(근로시간 계산의 특례) ① 근로자가 출장이나 그 밖의 사유로 근로시간의 전부 또는 일부를 사업장 밖에서 근로하여 근로시간을 산정하기 어려운 경우에는 소정근로시간을 근로한 것으로 본다. 다만, 그 업무를 수행하기 위하여 통상적으로 소정근로시간을 초과하여 근로할 필요가 있는 경우에는 그 업무의 수행에 통상 필요한 시간을 근로한 것으로 본다.

② 제1항 단서에도 불구하고 그 업무에 관하여 근로자대표와의 서면 합의를 한 경우에는 그 합의에서 정하는 시간을 그 업무의 수행에 통상 필요한 시간으로 본다.

③ 업무의 성질에 비추어 업무 수행 방법을 근로자의 재량에 위임할 필요가 있는 업무로서 대통령령으로 정하는 업무는 사용자가 근로자대표와 서면 합의로 정한 시간을 근로한 것으로 본다. 이 경우 그 서면 합의에는 다음 각 호의 사항을 명시하여야 한다.

1. 대상 업무
2. 사용자가 업무의 수행 수단 및 시간 배분 등에 관하여 근로자에게 구체적인 지시를 하지 아니한다는 내용
3. 근로시간의 산정은 그 서면 합의로 정하는 바에 따른다는 내용

이 중 스타트업의 리모트워크와 관련 있는 제도는 선택적 근로시간제 또는 재량근로시간제일 것이다.

선택적 근로시간제는 정산기간이 1개월 단위로 근무시간을 유연하게 조정하는 것이다. 재량 근로시간제는 더 자유롭게 근무시간을 정할 수 있는 제도다. 다만 반드시 준수해야 할 건 바로 사용자와 근로자간 서면 합의다. 따라서 사용자는 근로계약서를 작성할 때 또는 따로 근로자와 합의한 근무시간 유연화에 대한 내용을 작성해야 한다.

만일 이런 내용이 지켜지지 않으면 어떤 문제가 발생할까. 가장 기본적으로는 가산수당 지급 문제를 들 수 있다. 근로자 수 5인 이상 사업자라면 위와 같은 서면 합의를 하지 않으면 통상 근무시간을 초과하는 근무에 대해서는 사용자가 통상임금의 100분의 50을 가산한 임금을 지급해야 한다(근로기준법 제56조). 더 나아가 연장근로시간의 최대한도인 1주 12시간을 초과하는 경우에는 형사 처벌을 받을 수도 있다. 근로계약서상 근로시간과 관련한 합의 내용을 반드시 담아야 하는 이유다.

• 근로자 근무시간은 어떻게 산정할까

원격 혹은 재택 근무제는 근무 전부나 일부가 사무실 밖에서 이뤄지는 만큼 간주근로시간제에 해당한다고 볼 수 있다.

다만 사무실 밖에서의 근로시간 계산에 대한 특례는 근로가 회사 밖에서 이뤄질 뿐 아니라 실제 근로시간을 계산하기 어려운 경우에 한정하기 때문에 원격 혹은 재택 근로라도 각종 통신매체나 인프라를 활용해 회사가 구체적인 지휘, 감독을 할 수 있는 경우라면 근로시간 산정이 가능하므로 간주근로시간제 적용 대상에서 제외된다.

먼저 원격근무제. 스마트센터 같은 위성 사무실형 원격 근무라면 통상적인 근로시간제 적용을 받지만 장소를 이동하면서 하는 원격근무라면 '사업장 밖 건주근로시간제'를 적용하게 되면 근로자가 실제 근로한 시간과 관계없이 취업 규칙 등에 정한 시간, 업무 수행에 통상적으로 필요한 시간, 노사가 서면으로 합의한 시간 중 어느 하나를 근로시간으로 볼 수 있다.

오전에는 회사로 출근해 근무하고 오후에는 원격 근무를 하는 방식처럼 회사 안팎 근무가 연속되어 있다면 해당 시간을 합산해 그날 근로시간 산정으로 간주한다. 사업장 밖 근무시간에 대한 간주시간이나 합의가 있다면 해당 시간이 합산하는 사업장 밖 근로시간이 된다.

만일 합산한 소정근로시간이 1일 법정근로시간 한도인 8시간을 초과한다면 초과 시간은 연장 근로가 되어 가산수당을 지급해야 한다.

다음은 재택근무제. 재택근무제는 성질상 근로자의 근무 시간대와 일상생활 시간대가 혼재되지 않을 수 없는 근로 형태다. 또 자택에서 근로가 이뤄지기 때문에 사생활 침해 없이 근로자가 소정근로시간 동안 수행한 근로시간과 사적인 시간을 구분해 관리하는 건 기술적으로 어려운 경우가 많다.

따라서 소정근로시간 동안의 근로 제공 의무나 성실 의무 이행 여부는 근로자에게 맡겨질 수밖에 없다. 또 정보통신기를 통한 온라인 출퇴근 기록이나 전산망 접속 기록 등으로 재택근무자의 근로시간을 관리해야 한다.

취업규칙에선 재택 근로에 종사하는 통상 근로자에 대한 휴가나 휴식에 관해서 별도 규정을 두고 있지 않은 경우에는 통상 근로에 종사하는 근로자의 근로시간과 휴가, 휴식에 관한 취업규칙 내용이 그대로 적용된다. 따라서 기업은 재택근무자의 휴게나 휴일, 휴가에 관한 사항을 사전에 따로 정해둬야 한다.

예를 들면 근무시간과 휴게, 휴가에 관한 조항을 만들고 "① 근무시간 및 휴게시간, 휴가는 취업규칙이 정한 바에 따른다. ② 재택근무자는 근무시간 중 회사의 담당 관리자와 긴밀한 연락체계를 유지하여야 한다. ③ 시간 외 근무는 사무실 근무 시 사전 승인을 얻어 실시할 수 있다."는 식이 될 수 있다.

한편 일반 근무방식과 같은 형태로 근무시간 관리를 하는 건 어려운 만큼 일정한 근무시간 관리 기준 범위 내에서 재택근무제 운영 취지를 살리는 수준의 근로자 활동에 대한 자율을 보장할 수밖에 없다는 점도 기억해둬야 한다.

담당 관리자는 필요한 경우 재택근무자의 근무상황을 확인할 수 있도록 제도적 정비를 해둬야 하고 재택근무자가 업무시간 중 자택을 벗어날 경우에도 사전에 정한 관리 절차를 따르도록 해야 한다.

• 해외 거주 외국인 채용, 임금 처리는

우리나라의 소득세법은 납세 의무자를 거주자와 비거주자로 나눠 과세하도록 규정하고 있다. 거주자 여부 판정은 국적이나 영주권 취득과는 관계가 없는 것. 소득세법 제1조에 의하면 국내에 주거지를 두거나 183일 이상 거소를 둔 개인을 거주자로 구분한다. 이 같은 거주자에 해당하지 않는 자를 비거주자로 구분한다.

소득세법상 거주자에 해당하는 경우 모든 국내외에서 발생한 모든 소득에 대해 소득세 납세 의무를 부담하지만 비거주자는 국내원천소득[3]에

3) 국내원천소득: 소득의 발생지가 국내인 소득

대해서만 납세의무를 부담한다. 따라서 국내 법인이 리모트워크를 적용하고 해외 거주 외국인을 직접 채용해 해당 직원이 비거주자로 판정된다면 국가별 조세조약에 따라 국내원천소득에 대해서만 과세하도록 되어 있다.

비거주자의 국내원천소득에 대한 과세 방법은 국내원천소득을 종합해 과세하는 방법과 국내원천소득별로 분리해 과세하는 방법으로 나뉜다. 원칙적으로 비거주자로서 국내사업장이 있거나 부동산소득이 있는 경우에는 국내원천소득에 대해 종합과세하고 그렇지 않은 경우에는 국내원천소득별로 분리 과세한다. 국내 법인이 채용한 직원이 비거주자이고 근로소득만 얻는다면 국내원천소득별로 분리 과세한다.

종합과세[4]의 경우 종합소득세 신고와 납부를 해야 하지만 분리과세[5]의 경우 원천징수만으로 납세의무가 종결된다. 다만 비거주자라도 근로소득이 있는 경우에는 원천징수 및 연말정산 대상이므로 원천징수에서 제외되는 근로소득이 있는 비거주자는 다음해 5월중 종합소득세 확정신고를 해야 한다. 또 국내 법인에서 직접 채용한 경우 퇴직소득이 발생하는 것으로 통상 판정되기 때문에 국내사업장이나 부동산소득의 유무에 관계없이 거주자와 동일하게 분류과세[6] 한다.

더불어 확인해야 할 것은 조세조약. 소득세법상 원천징수세율이 조세조약상 제한세율보다 높은 경우에는 조세조약 상의 제한세율을 적용해야 한다.

---

4) 종합과세: 동일세목에 속하더라도 과세대상이 될 객체가 여러 종류로 되어 있을 때 이들에 대해 개별적으로 과세하지 않고 일괄가산하여 그 합계액에 과세하는 것

5) 분리과세: 특정한 소득을 종합소득에 합산하지 않고 분리하여 과세하는 것. 과세기간 별로 합산하지 않고, 당해 소득이 지급될 때에 소득세를 원천징수함으로써 과세가 종결된다.

6) 분류과세: 소득세의 과세에 있어서 개인에 귀속하는 각종 소득을 사업소득, 이자소득 등으로 나누어 원천별로 과세하는 것

- **리모트워크 근로자에게 적용되는 다른 기준은?**

먼저 임금과 법정수당. 원격 혹은 재택 근무제를 적용받는 근로자의 근로조건 중 근무 장소 외에 변화가 없다면 임금이나 수당 지급은 기존 근로계약에 따라 그대로 유지된다. 차량유지비 같은 기존 통근 수당이나 기타 비용을 지원 받던 근로자가 원격지로 출근하거나 자택에서 근무한다면 해당 수당을 조정해야 하는 게 원칙이다. 다만 급여 보전을 위해 통신비 등 다른 항목으로 이전 임금 수준을 유지할 수 있다.

재택근무를 한다면 필연적으로 발생하는 통신비나 기기 사용료 등에 따른 비용은 보통 기업이 부담하게 되는 만큼 제도 시행 전에 비용 부담 주체나 부담 수준을 취업규칙 또는 관련 규정에서 정하는 게 필요하다. 예를 들자면 장비 및 비용 지원 조항에 '직원은 재택근무에 필요한 모든 사항들에 대해 회사규정이 정한 바에 따라 지원 받을 수 있다. 다만 업무와 직접적으로 관련이 없는 비용은 그러하지 아니하다'는 식으로 할 수 있다.

한편 기업 측 지시에 따라 특정 업무를 수행하는데 필요한 시간이 연장, 야간, 휴일 근로를 발생시키게 된다면 원칙적으론 이에 대한 연장근로, 야간근로수당을 지급해야 한다. 시간외 근로를 하게 된다면 사전에 연장, 야간, 휴일 근로 신청을 해 회사의 허가를 받도록 하는 절차를 운영해야 한다.

다음은 연차유급휴가다. 원격 혹은 재택근무 근로자에게도 연차유급휴가는 통상 근로자와 동일하게 적용한다. 사업장 밖 간주시간제 특혜가 적용되는 원격 근무여도 적용 범위는 근로시간 계산에 관한 부분에 한하는 만큼 휴일이나 휴가 등은 그대로 적용된다. 소정근로시간이 1일 8시간보다 짧은 근로자라면 근로기준법이 정한 바에 따라서 통상 근로자에 비례해 연차휴가를 부여한다. 1일 8시간 미만 근무하는 원격 혹은 재택 근로자의 연차휴가 산정은 '통상근로자의 연차휴가일수×(원격/재택 근로자의 소정근로시간÷통상근로자의 소정근로시간)×8시간'을 통해 계산하면 된다.

다음은 법정의무교육. 원격 혹은 재택 근로자도 다른 근로자와 마찬가지로 근로기준법 적용을 받고 있는 만큼 해당 근로자에게도 법정교육인 안전·보건교육(산업안전보건법 제31조), 직장 내 성희롱 예방교육(남녀고용평등법 제13조), 개인정보 보호교육(개인정보보호법 제28조), 직장 내 장애인 인식개선 교육(장애인고용촉진 및 직업재활법 제5조의2) 등을 통상 근로자와 똑같이 받을 수 있게 지원해야 한다.

업종이나 업무 특성상 본사에서 집합 교육이 어렵다면 거점 원격지를 활용해 지역별로 교육을 진행하거나 재택근무 근로자에게 근무시간 중 온라인 교육을 수강하게 하는 방법으로 법정의무를 충족하게 하면 된다.

다음은 산재 보상이나 재해 보상. 원격 혹은 재택근무 중이라도 근로자가 업무 중 혹은 담당하던 업무를 원인으로 발생한 사고나 질병에 대해선 근로기준법상 재해 보상 대상이 되거나 산업재해보상보험법상 보험급여 대상이 될 수 있다.

다만 재택근무 중 발생한 사고는 상대적으로 업무 연관성이나 직접성에 대한 입증에 어려움이 있다. 따라서 평소 안전교육에 만전을 기하고 사전에 문제가 발생할 경우의 처리 기준을 정해둬야 한다.

다음은 통상근무 전환이다. 원격 혹은 재택근무를 전제로 채용 또는 배치 전환한 근로자가 통상 근무를 신청하면 이를 수용할지 여부는 회가가 결정할 사항이지만 이런 경우가 아니라면 근로자가 원하면 다시 통상 사업장 근무로 전환할 수 있다는 내용을 미리 계약 조건에 포함하거나 취업규칙에 반영하는 형태로 전환 기회를 부여해야 한다.

• 리모트워크 제도 시행, 어떤 도움 받을 수 있나

박용호 노무사는 크게 인프라 지원과 간접 노무비 지원 두 가지로 나눌 수 있다고 설명한다. 먼저 인프라 지원, 고용노동부는 일하는 장소가 유연한 근로 환경을 만들기 위해 재택 혹은 원격 근무를 도입 확대하는 중소·중견기업에 인프라 설치비용을 지원한다.

정보시스템이나 인사노무관리 시스템 등 시스템 구축비용은 직접 지원금으로 지급한다. 설치, 장비 등 구입비용은 융자로 지원한다. 다만 건물이나 토지 구입, 임차 같은 부동산 비용은 이 같은 지원에서 제외된다.

지원 내용을 조금 자세하게 보면 시스템 구축비와 설치·장비 구축비 두 가지로 나눌 수 있다. 시스템 구축비는 보안 시스템이나 내부 메일, 그룹웨어 등 정보 시스템, 통신비와 클라우드 서비스 사용료 등, 취업규칙 변경과 원격근무 도입 컨설팅 등을 말한다. 지원 한도는 직접 지원 시스템 구축비 중 50% 한도 내에서 최대 2,000만 원이다. 설치·장비 구축비의 경우에는 재택·원격근무용 통신 장비, 원격근무용 사무기구 등 설비를 말한다. 융자 지원은 총 투자금액의 50% 한도 내에서 최대 4,000만 원이다.

한편 스마트워크센터는 시간과 장소에 얽매이지 않고 유연한 근무가 가능한 환경을 제공하는 업무 공간. 정부는 제도 운영을 지원하기 위해 현재 근로자가 회사까지 출근하지 않고도 근무할 수 있는 지역 센터를 서울 강남과 여의도, 대구 세 개 지역에 운영하고 있다.

두 번째는 간접노무비 지원이다. 정부는 유연근무제를 도입 확대하는 중소·중견기업에게 간접노무비를 지원하고 있다. 유연 근무를 새로 도입하거나 확대 시행하고 소속 근로자가 필요에 따라 활용하도록 하는 중소·중견기업 사업주가 지원 대상이다.

지원 내용은 연간 총액은 주 3회 이상 520만 원, 주 1~2회 이상은 260만 원이며 1주당 지급액으로 따지면 주 3회 이상은 10만 원, 주 1~2회는 5만 원이다. 이 같은 지원 내용은 지원사업장 전체 피보험자수의 30% 한도 내에서 최대 70명까지 지원한다.

지원 절차는 ① 지원금은 사업계획서를 제출해 승인을 받고 ② 6개월 이내에 제도를 도입하고 ③ 그 제도를 활용한 근로자가 생기면 신청이 가능하다.

리모트워크로 스타트업

1판 1쇄 발행 2019년 1월 15일

지은이 재단법인 제주창조경제혁신센터

발행처 재단법인 제주창조경제혁신센터
주　소 제주특별자치도 제주시 중앙로 217 제주벤처마루 3~4F
홈페이지 jccei.kr

발행인 전정환
기　획 안민호, 안영주
편　집 이석원, 주승호, 이예화
디자인 하움출판사

ISBN 979-11-88461-91-2

좋은 책을 만들겠습니다.
하움출판사는 독자 여러분의 의견에 항상 귀 기울이고 있습니다.

- 값은 표지에 있습니다.
- 파본은 구입처에서 교환해 드립니다.

이 도서의 국립중앙도서관 출판예정도서목록(CIP)은 서지정보유통지원시스템 홈페이지(http://seoji.nl.go.kr)와 국가자료종합목록시스템(http://www.nl.go.kr/kolisnet)에서 이용하실 수 있습니다. (CIP제어번호 : CIP2019000025)